小快朵颐

沈春泽 书

潘城 著

浙江摄影出版社
全国百佳图书出版单位

边走边尝

小快朵颐

小江南的小城之春

小城里的小南门

小西街里有条小弄堂

小市民里的小男人

小气，小心眼，小肚鸡肠

骂人家小赤佬、小牌位、小卵

喜欢听点小热昏，看小电影

小风一吹，小家碧玉，小荷才露尖尖角

小阿妹、小宝贝儿……

动点小脑筋，有点小心思

写小说，关注小道消息，记录小人物

发发小牢骚，燃烧小宇宙

小打小闹，小心、小心，小心驶得万年船！

可是小弄堂一拐，小洞洞，仿佛若有光，抽出小砖头

小辰光，藏着小盒子，里头有个小秘密

忘记了

地上有几个小钱，天上挂着小月亮

一条小银河把几颗小星星，留在小男人的头顶上

回转来开个小灶

吃点小菜，抿点小酒

小快朵颐

序

生花妙笔耐寻味

好的饮食文章，确实不容易写，要能识其趣，更要深得其味，观乎潘城的《小快朵颐》，就有这个感受。

本书以江南美食为经，海外饮食为纬，于吃吃喝喝中，包容人物、人情，以及时代变迁，读之亲切有味，仿佛穿越时空，如能本此奋进，或将引领风骚。

江浙菜及上海菜，在台湾向有"官菜"之目，而四川菜与湖南菜，则有"军菜"之称。我的故乡在长江边，以父系之传承，尝过甚多苏菜，加上个人偏嗜，熟谙各种滋味；母系源出泉州，闽南菜和福州菜，从小吃过不少，对于台湾做法，也算耳熟能详。至于川、湘及北方菜（包括京、鲁、晋、冀、豫等），以工作之便，接触广而全，道得出所以然。岳家为香港人，接触粤式菜点，开了甚多眼界；加上游踪所藉，日、法等国亦多次前往。是以我和潘君，皆为江南同乡，而且经历相当，有幸为他写序，确为一桩乐事，如能传诸久远，自为一件雅事。

某为无肉不欢之徒，书中"蜜汁火方"这道菜，认为必须如张通之《白门食谱》所记方为上品，即"甜香适口，以肥者为尤佳，而瘦者之酥且有味，亦耐人咀嚼，真为美品"，吃了几十次，达此境界者，实屈指可数。"红烧蹄髈"以上海枫泾镇的"丁蹄"为最，曾扬名四海，到了作坊时，既亲尝其美，又拍照留念。猪头肉俗称"俏冤家"，吾徒何丽玲女史，乃台北第一名媛，在每年春节时，必熏上好猪脸，供我小酌品享。另，上海弟子朱俊，号称"淮扬刀客""上海先生"，所制"扬州三头宴"（蟹粉狮子头、扒烧整猪头、拆烩鲢鱼头），无论刀工、造型、摆盘、滋味等，皆出人意表，道道精绝，令人一食难忘。吃了数回，至今思之，犹觉舌底生津。

烤羊蝎子一味，乃苏东坡不得已而得之，以得"味外之味"自娱。此一特别火锅，在北京尝了三次，感觉颇有意思。

以大闸蟹制作的"蟹宴"，我在上海的"王宝和酒家""新光"等名店都吃过，但印象最深者，乃朱俊为"樽境俱乐部"亲为的那一席，琳琅满目，蟹始蟹终，而且无一不佳。绝！

而今常吃素食，并撰写素食专栏，名为《素说新语》，现已结集成册。在素食部分，《小快朵颐》一书里，提及"蒸双臭"及"云南菌子"，读来特有意思。记得数年之前，和影星舒淇在香港"杭州酒家"

共享"蒸双臭"等佳肴，此菜一上桌，"香"气即远播，舒小姐见状，马上夺门走。而那云南菌子，台北的火锅店，店名为"百菇园"，专售各类蕈菇，吃得不亦乐乎。此外，在北京、上海、顺德、香港等地，亦曾有福消受，竟和汪曾祺一样，享用了新鲜美菌。

《小快朵颐》读毕，兴起一个念头：就是仿梁启超。当他为《欧洲文艺复兴史》写序时，一发而不可收，此序文的字数，居然不亚于原著，另成《清代学术概论》一书。日后某若有续貂之作，恐亦成为话题，造就食林传奇。

这是本值得推荐的佳作，含英咀华后，能回味再三。近代食家唐振常曾谓："食有三品：上品会吃，中品好吃，下品能吃。能吃无非肚大，好吃不过老饕，会吃则极复杂，能品其美恶，明其所以，调和众味，配备得宜，借鉴他家所长，化为己有，自成系统，乃上品之上者，算得上真正的美食家。"潘城上品食文，拈来意趣满满，盼望诸君多看看，此书惹馋涎。是为序。

朱振藩　甲辰年立夏

不要吃得太多，不要吃得太爽；

乐颐不求大快，但求小快

目　录

矮脚青

　　炒青菜除了油和盐，其他都是多余。如果说到品辨其好坏的技巧，鄙人不才，可以做到"听声辨味"，就凭青菜下锅那一声。我家祖居有个天井，尽头隔一砖墙就是好宝婆婆家的灶披间，开一小窗。这位民间烹饪大师，日日围裙不解，精研三餐，每天从那个小窗洞里传出各种食物的香味。

　　《射雕英雄传》里黄蓉为了让洪七公传郭靖"降龙十八掌"，耍噱头，天天做美味佳肴。她自称最拿手的菜是炒白菜、蒸豆腐，洪七公不愧老饕，顿时眼睛一亮。越普通的菜越见真章！

　　入冬，家家户户每天必食青菜。差不多快到晚饭的点，我做着作业，只听极猛、极烈的刺啦一声，好宝婆婆的青菜下锅了！这一响可不简单。炒青菜要热油锅，铁锅倒入油后烧到足够烫，再把青菜倒入。说起来容易，其中的火候、时间都得靠经验衡量。烫锅下菜，油星四溅，甚至火焰腾空，烧菜人往往缩手跳脚、丢锅弃铲。但见好宝婆婆，临危不乱，面无表情，好比大将临阵沙场，可以"温酒斩华雄"。这是一辈

矮脚青

王辉 绘

子烧菜练就的。

当然，炒青菜无可匹敌的好吃，还要源自食材本身。金庸写洪七公那一章展示了对吃的内行，他是嘉兴人，小时候想必一定也吃过"矮脚青"。

嘉兴文联的双虎兄打来电话，专门跟我掰扯青菜的问题：现在超市价目表上往往写的是"上海青"，颇不地道，也许是出于一种对大都市的联想，其实都市谁还给你种青菜？而且上海、嘉兴连到苏、杭一片，上点年纪的人谁要吃"上海青"？双虎说，除了"上海青"还有"杭州青"与"苏州青"，我们从小吃的那款"矮脚青"属于"苏州青"，杭州人叫"矮蒲头青"。好家伙，有点像植物学家分类。

从嘉兴到嘉善、枫泾、朱泾、练塘、青浦一路，乡野菜圃中的"本地青菜"唤作"矮脚青"，杆子极短，一大朵一大朵地匍匐于地里，那是青菜中的极品，打过霜以后，又糯又甜。

如今这等品质的青菜很稀有了，原因说来不雅，真正好吃的青菜是靠大粪喂出来的。不仅是青菜，果蔬莫不如此。为什么现在总有人怀旧，感叹再也找不到儿时瓜菜的味道呢？别不爱听，皆归于缺粪。比如大名鼎鼎的"平湖西瓜"，我祖母以前常说，平湖瓜农四处捡拾鸡屎，与草木灰搅拌成"鸡屎灰"肥田，这才有平湖西瓜那一口鲜甜。

农谚说"种地不上粪，等于瞎胡混"，"土是摇钱树，粪是聚宝盆"。历代农书中多有记载用粪之法，诸如"踏粪法""窖粪法""蒸粪法""酿粪法""煨粪法""煮粪法"，还有道士炼成"粪丹"，相当于浓缩有机肥——打住，越说越倒胃口了。不过，中国文人自古崇尚归隐，种地是与粪为伍，如此才能"粪土当年万户侯"，金石家邓散木更是自号"粪翁"。但农耕文明被工业文明取代，饮食与排泄的循环被打破，这着实深刻影响着美食的"味道"。因触及人类的"污秽观"与"洁净观"，大家往往避而不谈，在此也不便多说。详见周星先生的《道在屎溺》。

儿时冬日，祖屋两房人各炒青菜一盘，百热沸烫地端出来"别苗头"。菜叶还冒着细小的油泡，往盘子沿上挑一点桐乡辣酱，咸而微辣。怎么形容呢？恰好手边有一个嘉兴竹刻名家冯嘉生雕的笔筒，上面刻着一棵青菜，题诗曰：须知天下味，独有菜根香。这种话是文人士大夫想出来的，南宋理学家真德秀就曾说过："百姓不可一日有此色，士大夫不可一日不知此味。"

又记：杭州蔡老乃武，读到我写炒青菜，专门打来一个电话，说我漏掉一个关键步骤。青菜下锅加盐之后，一定要加盖焖，快熟而不失水分，菜色碧绿，入口软糯。我坦言自己四体不勤，谈吃好比《天龙八部》里的王语嫣谈武功。这才回忆起来祖母辈常念的口诀，或许做人做事也用得上，叫"千烧不如一焖"。

白斩鸡

平时家里想不出吃什么菜，怎么办？白斩鸡。白斩鸡酱油蘸蘸，百吃不厌。

广东、海南，甚至柬埔寨的鸡我都试过，好吃在肉质紧实，一个比一个紧。广东清远鸡的肉质紧得恰到好处，海南的就比较练牙口，而柬埔寨的鸡，总在公路两旁飞奔，骨瘦如柴，嚼起来腮帮子疼。

江南的白斩鸡讲究的是嫩，不是靠煮出来的，是焐出来的。取三斤以内公三黄鸡一只，活杀褪毛洗净（理论上现在已买不到活鸡），大锅一口，水烧滚，全鸡放入煮8分钟，关火，加盖焐到冷，提出来，扔进冰箱。取出时，鸡皮与鸡肉之间会结一层冻水，切起来，腿骨断处渗出点鲜红鸡血，如此，才嫩。若鸡血发乌，则肉质老矣。

白斩鸡中一绝是嘉兴的"小来宝"，鼎盛时，上海、湖州、苏州的食客都赶来吃。2000年前后，12元一碟白斩鸡、一碗面、一只"小炮仗"（二两装小瓶五加皮）是来店里老饕的标配。论口感，白斩鸡每块总要切拇指宽才好，但小来宝的刀功好，切的鸡块几乎成片。只因切得薄，酒鬼们方能"搭"得久，剩下一点肉末蘸着酱油还能抿大半天的酒。解放路上还有"小来宝"白鸡店的时候，"大力神"健身房的教头"小狮子"常常呼朋唤友来吃鸡喝酒，从早吃到晚，再从晚吃到早，二十四小时不断。可惜创始人小来宝后来赌博输得精光，最后死在桥洞底下。

现在嘉兴图书馆斜对面"老太婆面馆"的白鸡面也不错。蘸白鸡用的酱油，老嘉兴要滴几点糟油进去，现在吃不到了，多用麻油，再加一小勺鸡汤，洒一点葱花。切记酱油里不要放大蒜，反正我不吃。

落锅面

　　江南各地面馆的面，多是盖浇，久负盛名者，如杭州奎元馆的虾爆鳝面、苏州裕兴记的三虾面，以及上海心乐面馆的小龙虾面。而嘉兴人，总嫌杭州的面略失筋道，苏州的面过于绵软，上海的面八九不离十了，但浇头的油太重，吃到三分之二就有些腻了。

　　夹在几座大城市之间，嘉兴可谓独树一帜的东西不多。明末画家项圣谟在浙派、吴门与华亭之外别开生面，形成了具有独特画风的"嘉兴派"。至于吃的，能够群而不同、不趋附者大概要数油氽臭豆腐干与落锅面。

　　前几年我回老家，总是去嘉兴图书馆斜对面的玉林面馆吃三鲜面，这家的爆鱼最拿手，而三鲜中就有爆鱼，性价比最高。还有一年入秋，胖子带我到嘉兴城南路一个连招牌都没有的小面馆吃鳝丝干挑，一流。我们这边吃着，旁边店家正在划鳝丝。

　　不过论老资格还是斜西街的"眼镜面馆"，开了三十几年。其实人家叫"原味面馆"，只因老板戴眼镜而得此别名。二十年前我常去这家

"苍蝇馆子"吃面，地上油腻腻、黑乎乎。店里四五张方桌，店门口两张，桌面油亮，生意忙时汤水残渣来不及擦，客人也不介意。十几只方凳随便拖来拉去，坐上去摇摇晃晃。厨房直通外间，一览无余，墙面上是经年累月的灰尘油污。厨房后门口还放了两张桌子，地上泔水横流，偶有硕鼠闪过。

店虽破，味道却好。二十世纪九十年代的每一个早晨、中午，店门前半条斜西街面上停满人力三轮车，蔚为壮观。踏三轮的车夫最爱在此吃面，两块五一碗雪菜肉丝面加一（加一份面），再来一支"小炮仗"。吃面的不只贩夫走卒等三教九流，也不乏文人雅士。我与胖子每次去，他必点鳝丝干挑。所谓干挑就是无汤的面，然而又并非炒面。

落锅面为了口味考究，每一碗面都要单独煮，再捞起下锅，与现炒的浇头同烧入味。"眼镜面馆"用料讲究，一是生面条新鲜，面都是专门定制特别细而硬的，汤面做出来放凉了也不见得糊；二是各式各样的浇头繁多，种类不下二三十种，食客到店时往往混搭拼点，可以双拼甚至多拼，比如"肠腰"就是大肠加腰花，"爆肚"就爆鱼加肚片。这里吃面的都是老客，食材稍不新鲜，立时扔筷。

口感上，一是鲜，一是香，一是爽利。"鲜"是看汤头，汤面中最鲜的就是最便宜的雪菜肉丝面，这种鲜法比较"中正"。运用海鲜、河鲜的鲜法可想而知，但此类面的价格偏贵，三轮车夫是舍不得吃的。当

落锅面

王辉 绘

然放雪菜（雪里蕻）属于白烧，有的人相信红烧，比如点大肠面，就多配青菜红烧。"香"则是因"落锅"的缘故，浇头通过爆炒把香味逼出。干挑面最要求香味，其中尤以鳝丝干挑为最，配洋葱，加胡椒粉。所谓"爽利"特指面条的口感，用"筋道"或"韧性"来形容，都觉得不到位，它是细而硬朗，拿筷子挑起来时一根是一根，不粘连。老食客的口味，最好面条咬断处的心子里还有一丁点未熟，这样的热汤面平均五分钟吃下来，还是"硬朗"，意犹未尽。

　　"眼镜"的头发永远梳得一丝不苟，苍蝇也停不住。他是"大司面"，收钱、分面、放浇头牌子，食客再多也指挥若定，向厨房喊话威严得很："鳝丝干挑加辣两碗！白烧雪菜腰花面双浇宽汤加一加油渣一碗！"

东塔弄臭豆腐干

二十年前嘉兴角里街东塔弄底、冶金厂宿舍门口的油氽臭豆腐干，成为我味觉记忆的一种底色。

绍兴臭豆腐"臭名远扬"，此外，杭州、宁波、上海、南京、长沙，及徽州地区的臭豆腐我也都一一尝过，还不是景区所售，都是钻进弄堂里吃的。但它们与嘉兴的臭豆腐干比，总归是庸脂俗粉。

东塔弄油氽臭豆腐干可以回味出四个字：香、酥、肥、鲜。老板曾得意地告诉我，他用的是订制加厚的白豆腐干，油是专门到平家弄打来的好菜油。要做到酥，不只要控制好炸的油温和时间，诀窍是豆腐干从臭卤甏里捞出来后要进冰箱放一放，这一招是几十年的心得。进过冰箱的臭豆腐干外皮遇冷吃紧，出油锅时就特别酥脆，且形状完好，不会破，不出渣。"肥"这个字最关键，几时能从臭豆腐中吃出过"肥"的口感？酥脆外皮包裹一团丰腴，像是在吃酥烂肥膏，百热沸烫，欲罢不能！"鲜"是点睛之笔，肥美中要尝出鲜味，难能可贵。这是因为臭卤中加入了一味——冬笋蒲头。

老板有些口吃，边氽豆腐干边结结巴巴地与街坊吹牛皮："豆腐干买回来要放在竹筐里晾、晾干，这点时间勿能省，如果勿晾就进臭卤鬏，豆腐干自身的水分还在往外冒，就臭、臭得勿到位。"

老板是冶金厂内退，独身多年，二十世纪九十年代就开始摆地摊卖臭豆腐干。我之所以能吃到，盖因中学时代老宅拆迁，在大姑父冶金厂分的工房里临时住过半年。记得那老板自制的臭卤鬏就放在职工宿舍楼之间的花圃里，不远处还有一个抗战时留下的碉堡。几年后，我带发小胖子、老陈二吃货再去寻访，小摊已经不见。老远看见老板穿着工作服器宇轩昂，说是厂里请他回去上班，如果我实在想吃他的臭豆腐干，等他有空可以专门在家里为我弄一盘。谁知那只是国营工厂回光返照，不久他再度下海，在育子弄开了个小门面，以"东塔弄"为品牌，氽出来的臭豆腐干不改其味。只是利太薄，须兼营些贡丸、鱼蛋之类港台式速冻小吃才能维系店面，终不支，遂成绝响。

数年前，胖子与老陈提供情报，"东塔弄"老板不做以后，他的邻居，一对冶金厂的退休夫妻，继承了他那几只三十多年的臭卤鬏。我回老家时，欣然赶去，三轮车摊位摆在纺工路37号左右的十字路口处，滋味大体不差。

当年堪与东塔弄臭豆腐干比肩的，有纺工路原绢纺厂体育馆（这个体育馆曾把香港四大天王也请来过）对面老夫妻所制者，他们是绢纺厂食堂退休的。三元路与砖桥弄的那家资格也很老，味则略逊一筹。现在这些油污肮脏的三轮小摊连同建筑、街面、绢纺厂体育馆、冶金厂宿舍楼统统拆光，白云苍狗。唯有东方路与大兴路口还有个门面，滋味尚能坐镇。老头闲下来往破藤椅上一靠，一脸的宗师表情。

抓紧去尝，时不我待，说不定读到此文时，这家也歇了。

想当年，那油氽臭豆腐干一出锅，站在马路边，倒上些桐乡辣酱及结巴老板自制的甜面酱，急吼吼一口下去，舌尖、上颚烫破一层油皮。鲜味渗进来、渗进来，嘴里又鲜又痒，起码三天。

蒸缸羊肉

　　早晨五点多，跷脚老板羊肉店的门板一扇一扇卸掉，羊肉缸烧红，这只缸黑油油里三层外三层起了皮壳，浓浓的膻味带着羊脂的奶香，从斜西街穿过觉海寺，可以飘进砖桥弄。五县二区的吃客，穿着海宁皮夹克、皮裤子，赶来吃这碗蒸缸羊肉面，半条街面上横七竖八停满了摩托车和自行车。跷脚老板坐镇门口的位子，倒好了早酒，两包红塔山拆开、摆挺，见谁都撒出去。

　　排风扇的噪音响彻云霄，大家嗓门都大，老食客进店高呼："跷脚老板！羊肉面一碗！腰弧！小炮仗一支！"伙计从缸里拿铁钩子钩出一块百热沸烫的羊肉到小碗里，"腰弧"是羊肉中最肥美的部位，几剪刀，扎肉棉线散开，撒一大把切碎的蒜叶，浇一勺红烧羊汤，面另下一碗"过桥"，所谓"小炮仗"即二两装小瓶五加皮，上桌，一次性筷子老早搓了半天。食罢，额头微微出汗，卷筒纸擦擦嘴，扔一地，"跷脚老板，记账。"老板笑一笑，轻轻一句："小赤皮！"再看，小赤皮已经走掉了。

羊肉面

王辉 绘

一般所谓蒸缸羊肉者，都是铁锅里烧好放进缸里保温而已，真正用大缸猛火炖烧，缸必裂。跷脚老板有绝招，真能用缸烧成正宗蒸缸湖羊肉，秘不示人。他是患小儿麻痹症致残，父母早亡，孑然一身，不娶，单凭这一手，斜西街上第一个买得起商品房。其为人仗义疏财，听说老食客吃了官司，买了六条红塔山托人带进牢监。

二十世纪九十年代末，街面上这批又脏又破又美味的馆子全部拆除，跷脚老板的蒸缸羊肉遂成绝响。"小赤皮"们多年记的账，一笔勾销。

他的羊肉缸为什么不会裂？烧肉放什么料？没有传人，我却知道，这里不说，留着写小说。最后见到跷脚老板是十多年前了，老远见他坐着残疾车，停下来，看准路边一个香烟屁股，艰难地捡起来，点着，抽。

糕团小记

　　糯食诱人，我却吃不多。小时候多见的是糖糕，碰都不碰。唯一的印象是三五岁时，我妈吃一块新塍猪油糖糕，怎么逗我我也不吃，咬到只剩小拇指那么一点，粘在手指上，我突然有了食欲，她却一口吃了，我绝望大哭，撕心裂肺。这或许属于独生子女心理问题的早期流露。

　　莫干山山里的亲戚每年为爱吃糯食的祖母送来整屉的方糕，及肉、笋、咸菜馅的大团子，老太太眉开眼笑，每餐饭镬上蒸几个，我也不大吃。

　　值得我小记的糕团倒是有几种——

　　隔壁的美食家好宝婆婆会做麦芽塌饼，自己拿一盘小石磨磨麦芽，自己烂豆沙。麦芽塌饼油煎至两面金黄，糖水里渍过，我们几个小孩近水楼台，趁热吃。她外孙女儿妍妍松动的乳牙都粘下来了。

　　我早上吃不了甜食，糕类的唯喜油氽粢饭糕。印象中老三中后门或是食堂小卖部有售。粢饭糕做成长方形，六面油煎，凉了以后太硬，虽然很香，但硬饭粒塞进槽牙要难受老半天。祖母知道我爱吃这个，就经常用隔夜饭自制，不拘造型，略施薄盐，两面油煎得嫩一些，热乎乎吃得很对胃口。现在想起来，三十年没再吃到这一口。

每年清明节前，街坊们自己做青团子的不少，觉海寺中不少吃斋的老太也做来卖。有一年清明，一对外地夫妻推一辆三轮车，到现在斜西街农业银行门口那个位置（当时还没造几十层的农行，还是上门板的佳明布店）卖青团。这对夫妻手艺娴熟，态度客气，半条街的人都来订货。我时常跑去看，包团子的手段了得，十指飞快，豆沙丸扔进青皮子里，马上按进一粒猪油。

寺边的弄堂里面走出一个大妈来打擂台，在觉海寺门口两张骨牌凳一搭，也出摊卖团子。街坊们吃饱了没事干，围上去看她的糕团出笼，哦呦！鲜肉粢毛团子。

陆明《江南风物》中写过寄园茶馆叫早点，也有此物身影：柏老炉子上咸甜炉饼，张家弄六指头白鸡面，菩萨桥头张宝兴汤包，范家火肉粽，王龙宝肉糕、粢毛团子……

这种团子雪白糯米面皮外再滚满米粒，蒸熟后，米粒膨起，晶莹剔透，肉馅，汤汁多。我也啖了一枚，却嫌人家肉放得太多、皮子太薄，祖母说我是只"洋盘"！

粢毛团子大妈嗓门血尖："本地人哪哈好输给外地人？他们做小青青，我就做白娘娘，镇牢伊！"大家哄笑："人家青团一天卖几百个，

粢毛团子

王辉 绘

是产业化，你这个白娘娘嘛一共就做出十来个，寻开心呀！"

多好，从前的人懂得寻开心。

三月三，野菜花烧鹅蛋

　　循着导航的指引找嘉兴大桥乡的广福禅院，路越开越窄，最后开进了田野。暮春三月，莺飞草长。

　　广福禅院在田野之中，已无香火，住着马月冬一家。我说赶时间，参观一下这个神秘的禅院，吃口斋就行。老马一家客气，还是烧了一桌乡村的新鲜货，新蚕豆、豌豆苗、马兰头。走的时候还送了我一袋大鹅蛋，并嘱咐我"三月三，野菜花烧鹅蛋"。我恍然大悟，不期今日正是农历三月初三，上巳节。

　　按古制，上巳节要兰汤沐浴，大姑娘要去河里洗澡。有学者认为，女人上巳日洗浴是为了借水的力量"感孕"，是早期生殖崇拜的体现。男人们则要喝点小酒，最有名的就是《兰亭集序》，划重点："永和九年……暮春之初……流觞曲水……"其中的"修禊事也"，是祈祷免除灾病。

　　居浙江、福建的畲族要大过"三月三"，景宁畲族自治县更是将此变成了全县的盛大节日，因这天要吃乌米饭，故也叫"乌饭节"。乌饭并非血糯制成，而是用乌稔树（也称乌饭树）树叶的汁水把糯米染成紫黑色。乌米饭除了香糯好吃，恐怕也与"修禊事"有关。

江南其他地方的农村，则盛行"三月三，野菜花烧鹅蛋"。野菜花就是开花的荠菜，有些地方也烧鸡蛋。

马月冬的母亲不是出家人，辛勤能干，一直当着广福禅院的住持，历史上这是一个尼姑庵。她告诉我，鹅蛋先不打破，与开花的荠菜同煮，等熟了，敲破蛋壳再煮一会儿。这一天吃了野菜花烧鹅蛋，一年不害头昏。也有民谚曰："三月三，荠菜花当灵丹。"只是这样的鹅蛋，我不大爱吃。至于有无药效，切莫较真。这"修禊"与"被除"本是中国人的一种宇宙观，有些"巫"的魅力，有了这个仪式才能"天朗气清"，天人既然合一，头脑也就清醒，耳聪目明，不痛不昏矣。这就超越了食物，成了"宇宙药"。

马月冬还告诉我，她们家的鹅蛋特别好吃，因为鹅是吃豆腐渣长大的。广福禅院有的是豆腐渣，因为她家以烹浆饭糍为生为业。

欲知"烹浆饭糍"？且听下回分解。

烹浆饭糍

嘉平兄拎来一只蛇皮袋，掏出一包东西塞给我，得意地说："我给北京的赵珩、上海的沈宏非都寄去了，他们大感兴趣，也给你尝尝。"我一看，"烹浆饭糍"嘛！北国南国的美食家都觉稀罕，碰到我，三岁就吃过。这话不是吹，只因儿时老宅隔壁是古刹觉海寺，记忆中斋堂里永远有一股菜油与豆制品混合的香味，想来是烹浆饭糍的功力。

不要望文生义，以为"烹浆饭糍"是锅巴，其实是以豆浆制成的类似豆腐皮的食品，两者虽像，口感与制作技法却不可相提并论，所以鲜为人知也少有人做。现在把它叫作"豆浆饭糍"，若望文生义则更离谱，还以为是早点的豆浆、粢饭团呢。

大桥乡与新丰镇交界处的广福庵自2001年最后的当家师太释品莲圆寂后，再无出家人住持，只有马家人一直坚守，早无香火，法相荒疏。师太留下三件法宝：一是庵中一截古石雕施食台，二是坐化时可取舍利的荷花缸，其三就是制烹浆饭糍的手艺。

品莲师太俗家姓马，过继来一个儿子改名马志原，这手艺传女不传男，遂传给"儿媳"陆玉英。陆再传女儿马月冬而成非遗传人。

"烹浆"二字，讲究。浆是豆浆，豆须是本地毛豆出浆才多。"烹"是技法的核心。首先要一口土灶，老马负责给女儿烧火，煮豆燃豆萁，最佳燃料。烧火者与烹浆者要配合默契，柴火触在锅底哪个部位要随时变化，时而撤出时而烧旺，控制温度。女儿发号施令，老爹变化火势，喊话如同"切口"。老马说，配合默契都是吵出来的，常常急得"灶王公公跳脚"。

烹浆用的是大铁锅，一碗菜油、一勺豆浆、一块油抹布、一把稻草刷子。先以菜油润锅，烹浆的前三张吸油必废，之后一勺豆浆刷一层，铁锅不停旋转，不过数十秒成形，用手一揭、一掀，整张烹浆饭糍出锅，薄如面膜，圆整如锅。

制烹浆饭糍源于古镇新篁，传说与南宋高宗赵构还是康王时逃难经此有关。农人请他吃饭，上了一碗烹浆饭糍炒青菜，太好吃，问菜名，说是"布衣（饭糍）青天（青菜）一家亲"，康王觉得是好兆头，留宿农家，新篁因有地名"留驾浜"。

广福庵的手艺是清末从新篁太平寺传来，据说新篁过去的制作中润锅用的是桐油，至广福庵改良成菜油，其中难度不足为外人道。而今重视食品安全，这门手艺唯余广福庵马家。从十一月做到翌年四月，天热易馊不能做。唯豆、水、菜油，无非土灶柴火与经验，难以扩大规模。

烹浆饭糍

王辉 绘

一人一锅一日忙不迭做，可产二十斤，只够供几处寺院及陆稿荐饭店。

广福庵一直为嘉兴城各大寺院供应烹浆饭糍，这才知自己儿时吃过觉海寺的烹浆饭糍也许就出自陆玉英之手。回家我也烹浆饭糍炒青菜，熟悉的味道复活了。

忽而忆起一个片段，觉海寺当年有一位负责火房斋食的邱司务，斋饭烧得好，烹浆饭糍由他采购，同时他也兼营心经纸钱，我家的长辈常常找他买，大概可以确保每一沓都是吃素老太念过百遍佛号的。只见他每次都在厨房灶台边用油手很认真地清点，也只有居住在庙边的老相邻才有这种"内部渠道"。有一天，听乘凉的阿三说，邱司务收到一封挂号信，是他儿子被枪毙后子弹费的缴费通知单，忘记了说的是几元，那大约是1996年？

禅衣包圆

　　传说烹浆饭糍首创于清康熙年间新篁太平寺金和尚，后被广福庵住持"释三太"学来，成为禅林美食。历史上烹浆饭糍分为两种：一种叫"毛浆饭糍"，不滤豆渣制成，用菜油万难成形，已失传；另一种广福庵继承的叫"净浆饭糍"，韧性好，不怕久煮。

　　一说广福庵始建于清道光年间，第二代"释福太"继承"释三太"遗愿，终于民国六年（1917）扩建伽蓝，规模可观。又从普陀请来观音像，据说与杭州灵隐寺中的一模一样。信众十里跪迎，香火鼎盛。时有比丘尼29人，良田数顷，耕牛一头，晨钟暮鼓，农禅合一。正是有这样的基础，才具备了美食的可能。直到解放初土改，广福庵被划为"小土地出租者"，还不属于剥削阶级。比丘尼们佛事之余参加生产队劳动，一样算工分。庵中赖烹浆饭糍之功，能做出素肠、素鸡、素猪头、素鳗鲡等一桌素宴，其中最佳者叫"禅衣包圆"。

　　"包圆"是江南人家常做的菜肴，千张、豆腐皮都能做包圆，里面的馅也各式各样，肉、菜、笋、木耳皆可包。我最喜欢吃野菜包圆，嘉兴人说的野菜特指荠菜。

关于"包圆"还有一个故事，我从小听祖母讲过。清末同治十三年（1874）九月，著名的"杨乃武与小白菜"冤案已成僵局，杨乃武的姐姐杨淑英决定进京告御状，路过北丽桥，心力交瘁，昏倒在一家潘氏豆腐店门口。潘老板救醒她后，听闻冤情，随手将店里的豆腐皮裹了野菜送她路上吃，"包圆"吴语音同"包赢"，鼓励她一定能把官司打赢。三年后冤案平反。

"包圆"出自庵中，加了"禅衣"，我认为不宜再包入荤腥，最合适的还是荠菜、豆腐干及笋。佛门茹素的本质是不杀生，而以素食做荤腥状，如素鸡、素鱼等皆是迎合俗众，业力犹存，但还是"禅衣包圆"最为具足究竟。

广福庵传到第三代住持释品莲时最为艰难，她俗名马连宝，八岁出家。时庵中生计有三：做衣服，做饭糍，挑着经担去念经。据说，"文化大革命"时期，"破四旧"，就离"重点文保单位予以保护"的批文递送只差两小时，广福庵连同观音像、"西游记"人物黄杨木雕供桌和"广福庵"镀金牌匾，被付之一炬。包括品莲师太在内的六位比丘尼被迫还俗，但不改落发之志。直到1999年，品莲师太凭她多年声望，募集功德重建广福庵而成如今规模。两年后，师太圆寂。

我见到破败佛殿侧壁上有她模糊的德相，很慈善。还见到她生前手抄的端正小楷经文，妙法莲花。马月冬回忆，"爷爷"（对师太的称呼）曾把头发分开来给她看过，头顶九个戒疤。

释品莲时为"禅衣"，马连宝时为"包圆"，禅衣包圆包万法万相，是个一真法界。

冷仙亭素烧鹅

　　品莲师太为养子马志原娶了媳妇陆玉英，玉英不识字，却撑起了广福庵。两夫妻靠卖烹浆饭糍，陆续给六位老师太养老送终。

　　他们的烹浆饭糍供应嘉兴城内精严寺、觉海寺、冷仙亭，城外送到嘉善杨庙，以及王江泾、江苏盛泽等地寺院，还供应过上海玉佛寺。

　　我问马月冬，有没有纯粹用烹浆饭糍做的菜？

　　素烧鹅。

　　哪里的好？

　　冷仙亭。

　　冷仙亭在老城区弄堂里，名副其实的"螺蛳壳里做道场"。蜗居市井的寺庙，总会多些烟火气，但美味也是普度众生的八万四千法门之一。你看那布袋和尚、济公活佛都是爱吃的主。

　　住持法雨和尚快人快语，也不需我问，早把冷谦其人、冷仙亭历史悉数道来。说完用斋，吃素烧鹅去也。马月冬请"江南名庄"的大厨也做了一道带来比较，僧俗各有千秋。

素烧鹅

小快朵颐

冷仙亭素烧鹅

王辉 绘

素烧鹅是以烹浆饭糍层层叠好，浸入煮滚再晾凉后的卤汁内。卤汁定味，以酱油、糖、茴香、香菇等调和。入味后取出，拿砧板压实，再入屉蒸，蒸后入油锅煎，最后切块装盘。其成色像烧鹅的脆皮，搛一块来咬，口感外脆内绵，嚼起来滋味渗出，植物蛋白代替了动物蛋白。

一颗毛豆，先是榨浆，榨后就烹，烹后要卤，卤完被压，压实再蒸，蒸罢又煎，煎好刀切，也真是"我不入地狱谁入地狱"。

冷仙亭历史上是"冷谦祠"，后成道观，太平天国后住的是尼姑，直到法雨和尚这辈才改成僧寺。因此，冷仙亭与广福庵关系密切，师太们以前常来帮忙念经。

陆玉英回忆，三十多年前陪广福庵的一位师太到紫阳街防痨协会治血吸虫病，那天第一次到冷仙亭吃饭，此后常来送烹浆饭糍。那时很苦，吃上素烧鹅是后来的事。那位师太当年即病殁，陆玉英和丈夫到东栅抬回来一口水泥棺材，重是重得来啊！

南湖菱饭

无角的南湖菱形似元宝，只产于嘉兴南湖水域，盖因乾隆皇帝摸过，云云。此种常识人尽皆知，兹不赘述。

我想念的是南湖菱饭。

菱饭要到乡下，用灶头、大锅来烧才出色。小辰光，一年几节，三亲四戚约好，从城里骑一二小时的脚踏车，到东栅乡下舅公家汇合。甪里街过了冶金厂、东大营，全是田。舅公家有鱼塘、晒谷场及猪舍，走一段机耕路，是他家的田地，祖父的坟茔就在那一片田间，清明、冬至都要去培土。

亲戚们相聚一日，无非吃喝。春天烧豆饭（用的是新鲜豌豆），冬天烧菜饭，秋天嘛，就烧菱饭。

怎么烧、怎么吃，都由我那位总是气若游丝的舅婆来指挥。舅婆年轻时很美，读过许多书，大约身世不凡。听说她的父亲是黄埔军校的，解放前曾与周总理有过合影，很早就与东栅的妻女分离，大半生独居昆明。舅婆大概年轻时也曾海阔天空，最后还是乡居东栅，五十多岁就病入膏肓——心脏搭桥。她在家纤手不动，但种种决策皆由她定。

舅婆是个乡村美食家，通晓各种节令吃食和如何烹饪，她很喜欢我，常常说给我听，可惜那时我岁数太小，一样也没记住。只记得每到南湖菱上市，她让舅公一早去大量采购最新鲜的回来，留出一些给我们小孩子生吃，其余剥壳烧菱饭。

我们就坐在晒谷场的长凳上，闻着稻田、化肥、猪粪混合而成的乡野气息，大吃鲜菱，嫩甜清脆，没有任何一种水果可以媲美。屋内麻将声排山倒海，此时，我那"病如西子胜三分"的舅婆双目炯炯，防上家、掐下家、盯对家，气势如虹，和出"大清一条龙"。当然她也不忘指导，何时下米，何时放菱，何时加柴、抽薪。

打过八圈，菱饭焖好，香气已经缕缕溢出，直钻肺腑。舅婆宣布："吃菱饭哩！"然后她又复归病态。

菱饭所用糯米与粳米的配比我不记得了，只记得那饭咸滋滋的浸染了南湖菱的香气。而舅婆指导的菱饭用菱极豪奢，简直是菱多饭少，充分利用菱的美味。最新鲜而老嫩适中的南湖菱烧熟后既粉且糯，入口即化。菱与饭不必分离，尽可大口大口吃去。

这种味道在饭店从未碰到，有一年嘉兴作协主席杨自强兄请我在南湖边以"南湖"为招牌的大饭店吃饭，专门点了一盘南湖菱，一咬，渣咕咕，是可忍，孰不可忍！老杨直接让服务员端走。其实南湖菱是不能

南湖菱

王辉 绘

进冰箱的，就算早上采下来放到晚上烧，魂灵就没了，粉嫩的口感荡然无存，变成了一盘炒荸荠。由此可知，外地来嘉兴的游客所食之南湖菱当然也就"不过如此"。

舅婆谢世倏忽二十年了，东栅农村早已拆迁，吃菱饭的几家人各散西东。从此，我再没吃到过南湖菱饭。

大饼油条

二十世纪九十年代初听过一吴语歌谣，是翻版《两只老虎》的调子："大饼油条、大饼油条，真好吃、真好吃，两角洋钿一副，勿粮票、勿粮票……""两角洋钿一副"消费水平还不高，却体现了人们摆脱了计划经济束缚的愉悦感。

大饼裹着油条作早餐是江南城市街头巷尾的基本搭配，上班上学路上可以边走边啃，既节约时间也比较抗饿。我从砖桥弄口买了大饼油条，走到中山路小学（现在天主堂城市中心绿地）门口，有时还没啃完，就站着努力吃，嚼得不仅腮帮子酸，连太阳穴都疼。所以比起大饼，我更青睐油条，因为它松软。

周作人专门谈过，油条即古籍中"油果子""油馃子"，又引申成"油炸鬼"，到南宋《说岳》流行后，江南特别是杭州人痛骂秦桧，而成"油炸桧"。把两条面团缠在一起炸，象征秦桧夫妻下油锅。他又谈到北方的"馓子"即"环饼"，这就有点扯远了。虽然都是油炸，麻花与油条的口感还是相去甚远。

大饼油条

王辉 绘

油条第一要紧就是"松"，那就要看发面的手段。记得九十年代斜西街觉海寺附近有一爿小门面，几位外地人专营大饼油条，生意极好，盖因油条够膨松。晚饭后，街坊四邻散步，看见这家被油烟熏得乌黑如洞的小店里，老板和老板娘在大脚盆里和面，一大袋洗衣粉作为膨松剂倒入面中。街坊们与老板友好交谈，回来又啧啧称笑，互相传话，成为坊间新闻，但次日清晨大家照样去买。

后来我逐渐移情于大饼，才发现其身价要高于油条，大饼与油条其实是有点"夫为妻纲"的意思。大饼以台州仙居人做得最出色，分咸、甜两种，咸的为正圆，甜的为椭圆，各有千秋。早晨的大饼往往做得比较干硬，必与油条配合。而夜晚的猪油大饼则完全脱离油条，自成美食，还可以加肉或梅干菜，远比早晨的奢侈。九十年代初，小年轻谈朋友从中山电影院看夜场电影散场出来，买两个猪油大饼宵夜是很时髦的。那时马路上车很少，在中山路、禾兴路交叉口，江南大厦门前的路灯下，有极好吃的猪油大饼摊。

那猪油大饼格外之香，在又冷又饿的夜晚，令人全无抵抗力，以至于大学读出去后吃到著名的"缙云烧饼"时，也足以波澜不惊。

如今，好的大饼油条还能找到，油脂、碳水、热量裹在一起，大口咬下，热泪盈眶。

吃大肉

　　驯化、豢养猪，是江南先民很早便有的一种生产方式。长江下游，从数千年以前的河姆渡、良渚、马家浜等文化遗址中就可看到大量与猪有关的遗迹。

　　马家浜出土了数不清的猪形陶器，在海盐博物馆中还有一组以猪的獠牙组合而成的头饰，那是权力、神巫的象征。无独有偶，河姆渡遗址出土的猪纹陶钵也是一件享有盛名的原始艺术珍品，乃至北方的红山文化也出现了大量玉猪龙。到了夏商周，国家正式形成，象征国家最高权力的九鼎那就是煮肉的炊具嘛！孔夫子吃肉很讲究，切的不够方正他老人家就不吃，讲课费收的也是干肉条，这表现了"礼乐"的精神。自秦汉开始，大量古代墓葬中死人手上要各握一头玉猪，称为"玉猪握"，他们是要在另一个世界继续紧握财富、权力……

　　猪与人类自古密不可分的关系，使得它们成为中华民族的某种文化符号。进而"肉"这种人类的嗜好物，也就上升为能够沟通人神、天地、古今的神奇力量。所以从江南祭祖到东北萨满祭祀都少不了猪肉。

自古以来，猪一直是国人重要的肉食来源，但平民百姓"猪肉自由"的时候其实并不多，所以《曹刿论战》中有句："肉食者鄙"，那被誉为有了阶级立场。后苏东坡创制"东坡肉"，毛主席爱吃红烧肉，也都在民间被传为美谈。

西北一带猪肉不叫"猪肉"，叫"大肉"。这倒跟咱们杭嘉湖地区有时对猪肉的尊称一样了。比如，买了股票不要急着抛，要"焐一焐"，那是焖猪肉的手法，焐得牢，猪肉才够香、够酥烂，等到股票大涨赚到大钱，就叫作"吃大肉"。若碰到极高兴的事情，则叫作"比吃肉还要开心"。可见，以前的人吃一顿猪肉得有多少快乐！读余华在《许三观卖血记》中描写大家争吃几片肥猪肉的场景，连书页都香得滋滋冒油。

如今到了饫甘餍肥之日，对于肥肉往往嗤之以鼻，比如本人小时候就不碰肥猪肉。每次家里一大碗红烧肉上桌，我妈就拍出一张五元面值的钞票，诱使我吃一块"三精三油"的五花肉。我虽然很想得到这笔巨款，却还是拿出了文天祥之志。现在回望陪老爸下乡的经历，想他看着我把一丁点肥肉还要挑出饭碗，该是多想一巴掌将我扇出屋顶啊！

有肉图

王辉 绘

猪头肉三不精

全猪宴端上来的第一道菜是半只巨大的咸猪头，转到我面前，冲着我笑。我请身边的海盐作家吴松良先生先下刀子，看看本地行家怎么个吃法。老吴也不含糊，上来就切猪鼻子。"吾啦海盐人都晓得，猪头肉最好吃的是鼻头，嫩、肥！"

我这种等闲之辈，哪敢吃整个猪头，平时也就吃吃猪耳朵。当年范文澜提出做学问要有"二冷精神"——坐冷板凳，吃冷猪头肉。冷板凳是指功夫下得足，坐得住，又没有喧哗热闹；吃冷猪头肉是指学问做成了，将来如孔孟先贤受后人的祭祀，放上冷猪头。

冷板凳难坐，猪头肉却是好吃。我听身家十几亿的义乌朋友俞总说，小时候穷，看村里有人打赌，谁要是能一口气吃完整只猪头，就让他白吃。老俞咽口水，可惜没有这种食量，眼睁睁看着一个憨大真的把一个大猪头吃得一干二净！

把猪头肉切碎后连汤带卤冻起来再切块，叫作猪头糕，香喷喷、颤巍巍，往往是熟食摊上的抢手货。

我舅舅最会讲荤话，他说以前谈朋友约会作兴看电影，男的买好一包话梅塞在女的口袋里，等看电影的时候摸来吃。轮到憨大谈朋友，也学这一招，可是觉得话梅不实惠，于是买了一包猪头糕塞在人家裤兜里，看电影的时候一摸———拆烂污。

南方祭祖如果没有条件用全猪就以猪头嘴里叼着猪尾代替，并且干脆就取代了牛、羊等其他祭品，简称"猪头三牲"，后成了家喻户晓的江南名骂"猪头三"。

清初，嘉兴人、一代词宗朱彝尊，官至"南书房侍讲"，晚年已是文坛泰斗，时人劝他把文集中早年写给情人小姨子的"艳诗"《风怀二百韵》删去，死后就可"配享文庙"。牌位供在文庙中，那是古代（好像也不只是古代）读书人最高的光荣与梦想，如此年年都有人供上猪肉祭祀。竹垞先生有些犹豫了，"欲删未忍，至绕几回旋，终夜不寐"。第二天，他豁然一笑说："宁拼两庑冷猪肉，不删《风怀二百韵》。"

你看看，究竟还是有比猪头肉更重要的东西。

猪杂与天宝

　　天下的肉食，我看以猪和羊为两大宗。南方以猪为尊，你看"家"这个字，就是屋子里面有猪；北方是以羊为尊，所以羊大为"美"。至于牛，农耕地区自古是不吃的，普遍吃牛肉是很晚的事。北方人也养猪、吃猪肉，北京著名的"炒肝"就是料理猪下水；南方人也吃羊肉，许多地方，如东阳、新塍、漵浦的羊肉亦颇有名。但地理风貌决定了，北方大量的游牧生产方式使羊肉自然地进入百姓的家常食谱，而南方的农耕最适合圈养、取肉者，猪也。

　　陆文夫先生曾写过他的家乡苏南善于酿酒的原因："酒糟是上好的发酵饲料，可以养猪，养猪可以聚肥，肥多粮多，可望丰收。粮——猪——肥——粮，形成一个良性的生态循环，循环之中又分离出令人陶醉的酒。"我恍然大悟，海盐沈荡的老酒这么有名，或许也是拜猪所赐？

　　料理猪下水各地自有绝活。北京前门的卤煮、炒肝，我是只能朝它看，吃不下去，但见满店的人吃得稀里哗啦；上海老德兴有个经典的海派菜"草头圈子"，是浓油赤酱烧大肠头，杜月笙的最爱；川菜的麻辣用来做猪下水更是天作之合，如"毛血旺"；粤港澳的卤下水亦是宵夜佳品。

嘉兴有个三十多年的老饭店叫马库饭店，这个"库"字谁来都念"库"。马库饭店里的本地菜做得很地道，有一种卤套肠是经典，大肠里面套着小肠，还要套出一个闭环，吃时切段。去晚了可吃不上。

更绝的是海盐有一道菜，叫"天宝"，可以爆炒、红烧或炖汤，名字霸气十足，实际就是猪卵子（睾丸）。海盐有个老作家叶生华，是余华年轻时候的朋友。他专门写过一文，用非常严肃认真的笔调娓娓道来，大意是，当年养猪阉猪舍不得扔掉的猪睾丸，发展成了备受大款青睐的"男人的加油站"。题目叫《那年，我们一起吃猪卵》，结尾一句"酒店欢声笑语，小城猪卵飘香"把我直接笑喷！想到老叶那一脸严肃，水平不下契诃夫。终于明白为什么海盐这个小地方能出余华这样的大作家。

还有比猪卵更猛的料。我爸说他当年下乡在嘉兴新塍新农红卫大队第六小队，队里有个农民叫"小钢炮"，养了五个孩子。小钢炮年年过年工分倒挂，大队里杀年猪自然没他的份，最后把老母猪的那个部位扔给他，反正也没人要。小钢炮就拎回家切碎了煮上。在"贫下中农"家里搭伙的知青们收工进屋，揭开锅，"哦呦！今朝吃肉嘛！"还没等那玩意煮熟，你一块我一块，一歇歇工夫吃了个精光，那真叫穷凶极"饿"。可怜小钢炮呀，一年到头终于还是不知肉味。

金线吊葫芦

　　你们以为我要写葫芦？我写豆芽菜。

　　传说，乾隆下江南，与随从走散，一个人又饿又累，到一农家，小妇人请他吃了顿便饭。乾隆觉得这菜远胜龙肝凤髓，上了味觉巅峰，就询问菜名。小妇人觉得这人大概是个呆子，家家都吃的菜也不认得，于是就指着炒菠菜说是"红嘴绿鹦哥"，指着煎豆腐说是"金镶白玉嵌"，指着黄豆芽说是"金线吊葫芦"，至于乾隆觉得胜过琼浆玉液的那碗汤，其实是饭锅的刷锅水，就叫"铲刀汤"吧！乾隆想，原来江南人家的生活水平比宫里还高。回宫后想吃这几道菜，说给御厨听，杀了好几个也还是做不出来。

　　小时候，每次家里吃炒黄豆芽，我不吃，祖母就把这个故事讲一遍，我还是不吃，我比较爱吃绿豆芽。

　　豆芽可拌可炒，炒豆芽可以加入肉丝与榨菜丝，或间杂一点韭菜。还有一种说法叫"豆芽菜嵌肉"，这大概是编排苏州人的精细。我们后来假想，会不会是用针戳捅豆芽茎，将火腿肉的纤维一丝丝插进去，咸淡、荤素倒也配。

若说炒豆芽真有什么讲究，我看就是一个不厌其烦地摘根须的动作，炒一小碟，得摘几百下，堪比采茶。主妇们拖个矮凳，弄个小竹圃在弄堂口边聊天边摘豆芽根，可谓是江南风景的一种。饭店里那种不去根的豆芽，是"不加检点的生活不值得一过"。

吃，有时就是一种感觉。吃豆芽，是为了吃一个"清清爽爽"的感觉。

据说，我的曾祖母年轻时见过龙。当时她就住在报忠埭的祖宅里，有一天乌云乍起，行人都很慌张，天仿佛要压下来。突然，响声如雷，抬头看见乌云向两边散开，中间如河流般出现一条白练，微有光。城中人奔走相告，龙伤，堕于南郊，争看之，只见一巨大龙爪。乡人顶礼膜拜，又多怜惜。有人说龙喜净，受不得一点脏。众人议论，可食之物最干净的要算豆芽菜，因为不沾土。于是万人空巷，全城的豆芽不论黄绿，一时买空，皆供养了龙。不久，龙痊愈，飞去。

曾祖母汪门余氏长寿，我很小的时候看着她咽气的，那时浑然不知死，也来不及询问龙与豆芽菜的事。

天下第一粽

中国几乎每个高速公路休息区卖的粽子都叫"嘉兴粽子"，以至于我的一位大学同学以为嘉兴人的主食就是粽子。其实嘉兴人除非过端午，平时也不太吃粽子。嘉兴粽子名气大，是几十年品牌化的结果。用一句套话：外地人开口嘉兴粽，嘉兴人笑之，然嘉兴粽故自佳。

全国各地都有粽子，吃法五花八门。比如，潮州粽子，馅料丰富，咸甜同体，很好吃；紧邻嘉兴的上海有枫泾古镇，其粽子，论口味与嘉兴近似，为了卖高价，像劳斯莱斯一样裹成加长型，连放九个咸蛋黄，称为"九龙珠"，让你一次吃个够；湖州诸老大的粽子呈细长条状，久负盛名；还有台湾一些地方的粽子，是扁的。

无论如何，粽子必须有角，所以历史上北方把粽子称作"角黍"。《荆楚岁时记》载：树叶裹米投江用以祭祀，可以消灾。此后就与屈原有了关系，成为"爱国主义食物"。粽子为什么有角？端午为什么要吃粽子？大致有这么个逻辑，模仿牛羊等牺牲的头用以祭祀，因而有角，且要放肉。但粽子从功能上说，其实是古人出行、劳作时最简单美味的

"便当"。

嘉兴人评价一款肉烧得好，会说："像粽子里的肉！"粽肉如何？瘦肉喷香，肥肉与米融在一处，入口即化。鱼米之乡，对糯米的选用当然是看家本事，如何选料烹制可以看纪录片。但老嘉兴喜爱的粽子有一个标准，这是我祖母年轻时候吃五芳斋老店粽子留下的记忆——塌烂。一只粽子剥去粽叶放到盘中，四角有形，但筷子只要轻轻一碰，随即软烂倒塌，到位了。

有一次，我在宁波月湖陪八十多岁的中国工程院院士陈宗懋先生吃饭，他祖籍嘉兴海盐南北湖，生在上海，工作在杭州。对嘉兴粽子，他也是这个印象，要"塌烂"才好。

说起五芳斋的老店，在建国路上应该已经搬过三次。我记得小时候还在五芳斋二楼吃过亲戚的喜宴。最近一次进五芳斋是2018年的端午，陪我的导师小熊诚教授去吃粽子。进店前他拿着相机认真地拍照，我指着门楼上的大牌匾"粽子第一品"说，这是我们中国社会学、人类学的奠基人费孝通先生来嘉兴时题写的——费老来嘉兴题字的往事，我还是听嘉兴图书馆老馆长崔泉森先生说的。

记得小时候我其实不太爱吃粽子，因为不喜欢剥粽子时油腻腻的感觉。而此刻巴不得连吞两只大肉粽，不要蛋黄、不要栗子、不要干贝、不要花头花脑的辅料，就要大肉粽！当然赤豆粽蘸白糖，那是另一种好吃。

儿时不肯吃早饭，祖母常常到梅湾街东米棚下如今汪胡桢故居一带给我去买小粽子。当年有一年迈老太，提着一个篮子卖极其迷你的小粽子，一元钱一串，一串粽子有十个，每一个只有一颗葡萄大小，不需箬叶，大些的竹叶即可包裹。我一餐早饭吃一串。这老太太颇不易，得花多少力气才能做一串呢？仅卖一元，可以养老吗？

老作家陆明告诉我，以前在明月路（吉杨路北侧）有一家肉店，兼卖大肉粽，五元一只，味胜各路名牌，裹粽子者是五芳斋退休女工。伸箸把大肉粽一分四块，每块均有肉为上好，三块沾肉者次之。明月路肉店出品五元大肉粽，多为上等。

"塌烂"的粽子以及明月路的粽子，我都没有吃到，但是小熊老师已经在五芳斋总店吃得心满意足，而且还买了两包真空包装的肉粽裹进衣服塞进行李箱，以便带回日本（日本入境不让带肉类，有狗闻行李箱，须得便宜行事）孝敬夫人。

后来他告诉我，年轻时他在香港中文大学留学，题匾"粽子第一品"的费老曾指导过他的论文。

生豆腐拌咸蛋

　　生豆腐拌咸蛋是一道经典的夏日菜，小时候家家户户无不受用，而现在似乎少有人知。

　　蝉声一起，祖母马上做这个菜，因为简单易行，食材廉价，味道好。一块嫩豆腐、一个咸鸭蛋，用筷子夹碎、拌匀，呈糊状，下饭、下粥、下酒都好。挑剔的小孩也不拒绝。

　　在没有超市的年代，整条斜西街连报忠埭的人家，吃豆腐都源于我家门口一棵老槐树下常年早晨停着的一辆三轮车。"四只眼"女人的眼镜片非常厚，精瘦，专卖豆制品。她老公在对面"跷脚老板"那里点一碗羊肉面，坐在边上吃早酒。豆制品利薄，几厘几分的赚头，那时候大家都用分币，后来变成"铅角子"。三轮车消失后，"定个小目标，先赚一个亿"的时代接踵而至。

　　谈钱就俗，还是谈豆腐。"四只眼"女人不是"豆腐西施"，完全没看头，但是她卖的豆腐质量好，品种分老豆腐和嫩豆腐，拌咸蛋当然要买嫩豆腐。手工作坊每天生产的豆腐情况还不一样，要受到老太太们的点评、比较。不久，市场上出现了盒装豆腐。

咸鸭蛋过去得自己做。买来新鲜的灰壳鸭蛋，泥巴要从酿造厂讨来，封存黄酒坛的"鬆头泥"捣成的泥浆最好，加入大量盐，糊在鸭蛋上，一层层码放入坛，置阴凉处放一到两个月。至于到时蛋黄出不出油，要碰运气，至少我家腌的鸭蛋是如此。咸鸭蛋最负盛名的自然是江苏高邮的，在没读过汪曾祺以前就听祖母宣传过。

现在超市里真空包装的咸鸭蛋个个流油，好比买西瓜，不红不甜的还真买不到。拿起咸蛋对光照，看到哪里透明有洞，就对准磕下去。洞浅说明腌制不到位，淡；洞深（有时甚至空了半个）说明腌制过头，咸。为这个腌咸蛋的事，清华大学的刘晓峰教授还专门到嘉兴农村做过田野调查，细细写了篇论文。

饭店里的冷菜常常有生豆腐拌皮蛋。皮蛋捣碎放在切块的豆腐上，淋上鲜酱油，有时还撒上青红的生辣椒圈。这也好吃，不过没有酱油调味就不行。论境界，生豆腐拌咸蛋才是浑然天成，西洋菜大概只有土豆泥或薯泥混合芝士可以略比。咸蛋的咸味以及蛋黄橙色的油汁混入豆腐之中，无须任何辅料，二白合一，从此你中有我、我中有你，又有星星点点的金黄色点缀其间，似宣告，无论多般配，这毕竟是一场新的结合。

蛋咸拌腐豆生

生豆腐拌咸蛋

王辉 绘

雪菜炒田鸡

南方叫青蛙作"田鸡"，田里的"鸡"，说明肉质鲜美如鸡，且是司空见惯的食材。田鸡大多是黄褐的虎皮色，也有特别绿的。记得二十世纪九十年代旧版的五十元纸币坊间叫作"青壳田鸡"，住在弄堂后面的"娘舅"每天夜里搓麻将总要输掉一张"青壳田鸡"。

江南稻田，入夏听取蛙声一片，吃田鸡的日子到了。炒田鸡在市井生活中算得上是一个上台面的菜。

天蒙蒙亮，斜西街街面两边田鸡贩子像田鸡一样蹲着，面前铺一张蛇皮袋，放上几串田鸡。这些田鸡是前夜乡下抓获的野味，一大清早卖掉，可以换钱吃早酒。田鸡是按串卖的，每串十几只，用铅丝戳穿田鸡脚拴在一处，像一串钥匙，颇有些残忍。田鸡们瞪着眼睛，气得一鼓一鼓满是怒气。

忽然有谁大喊一声："边三轮！"

田鸡贩子们猛然起身，一把抓起地上的田鸡裹进蛇皮袋，四散奔命。果然，派出所的"大盖帽"来拿人，边三轮摩托突突有声，在斜西街上好不威风。街两边居民人头攒动，都探头看热闹。贩子四处躲，有时也躲进我家。警察以恫吓为主，没收了地上来不及带走的几串田鸡而去。过不了五分钟，贩子们回到原位。隔壁的好宝婆婆吓得不轻，赶紧出去买了两串，差一点今天想好的雪菜炒田鸡就吃不成了。

炒田鸡一般用毛豆子炒或雪菜炒，雪菜要薄腌，极为鲜美。我小时候尤其喜欢拣食盘里汤汁中田鸡小腿上掉下的"栗子肉"。然而田鸡腿虽美，真正懂佐酒之道者反倒喜欢吃上身。

田鸡上市时节，斜西街"眼镜面馆"就会推出田鸡面，点田鸡面是很有面子的。记得觉海寺斜对面有一家小饭店，名字随老板的绰号，就叫"小田鸡"。"小田鸡"也是"四只眼"，炒田鸡是看家菜，生意红火，赚了些小钱，后来搭牢一个外地女人，败光。

雪菜炒田鸡炒到"曾经沧海"的境界，是在我家老宅左近开小饭馆的"拖鼻涕老太婆"。大概她的唇上有一疤，得此称谓，但大家对她的厨艺与干练是敬佩的。

某夏，天暗下来，店里忙完，端张方桌露天吃饭，"拖鼻涕老太婆"与员工家人坐满一桌，她话不多，很有些威严。四邻出来乘凉，看他们吃什么好菜。老太看到我，非要招我入席，我不肯，她给我拣了几条田鸡腿配着雪菜端过来。

如今很少吃田鸡了，但各地蛙类也尝过一些，滋味都不及当年"拖鼻涕老太婆"那碗雪菜炒田鸡。我那年大约八岁。

蒸双臭

老屋院子到底就是隔壁好宝婆婆的灶披间，下午三四点钟，一阵臭气扑鼻。打牌搓麻将手气不好时要大呼："霉豆腐干开甏！"

臭豆腐干与臭过一夜的苋菜梗嫩梢配合蒸，喷上新打的菜籽油，其臭悠悠然，如泣如诉、如怨如慕，鲜香远胜虾蟹，口感腴美赛过东坡肉。

粗老的苋菜梗更是一绝，且为一切臭物之基底，臭豆腐、臭千张、臭毛豆都以此打底，好比女人化妆首先要有上好的粉底霜，否则一切都虚了。小饭店急功近利，一味的咸或一气的臭，不美。大饭店里这些东西更是影子花都找不见。而味美，还需一物，就是时间。没有几年积累的臭卤甏，好比一个学者的阅读量太贫乏，滋味不能融会贯通。这年头上等自制的臭卤甏可以说是稀世珍宝。

江南特别是宁绍平原百姓，无臭不欢。嘉兴府在清末太平天国时被屠得几乎空城，后来多绍兴移民，故今嘉兴人也好此物，然而又经过变化，自成风格。

蒸双臭

王辉 绘

　　儿时一到夏天，太阳一收，一条街面上的人小桌子小凳子搬出家门，石板路上一放，端出的饭菜几乎都有一碗蒸双臭。

　　下饭，三大碗；下酒，赤膊，独酌或对吊，可以抵到满天繁星。

熏癞蛳

有一年，上海练塘古镇的朋友寄来四盒熏癞蛳，久违的美食。碰巧金老从美国来看我，当即奉上。我问："蛤蟆敢吃吗？"金老边吃边说："咱北京人也吃蛤蟆呀！"待其津津有味地吃了半天，才弄明白，北京人说的"蛤蟆"是青蛙，我们江南人说的"蛤蟆"是癞蛤蟆，学名蟾蜍，俗称"癞蛳"，有人误写作"拉丝"。

食熏癞蛳是嘉兴嘉善连着上海枫泾、练塘一带的古风。每年入夏，古镇上都飘散着一股熏癞蛳的香气。因为有嘉善亲戚，所以我从小就吃此物，刚开始也有心理障碍，但美食入口就封了嘴。未尝此物只听其名，肯定觉得恶心，但此物与云南的炸蝎子、炸蚱蜢甚至炸蜘蛛大异其趣，烹饪、调味都很精良，绝非猎奇。此外，同样制法的癞蛳肚肠更是鲜、香、脆，相比其他下酒的佳品，熏癞蛳更为奢侈。

江南食熏癞蛳的时节往往在端午前后，老人们会说，癞蛳肉是清凉的。小时候，在端午节的午时，祖母会在天井里放上大澡盆，命我洗澡。早上她已经在菜市场买来一对癞蛳（只有端午节当天有售），剥下癞蛤蟆皮扔进浴盆，要我玩耍一番。我嫌恶心，碰也不碰。癞蛤蟆是五毒之一，食其肉，玩其皮，有克制、镇压毒物与邪气之意。记得我舅公还有一个偏方，也在端午前后，拿一个母鸡的头生蛋塞进癞蛳肚中，然后放进灶膛的炉灰中煨熟，取蛋来吃，据说可以消除身上的结节与肿瘤。若真如此，诺贝尔医学奖或可提名。

金老终于有些发憷，但还是折服于熏癞蛳的美味，又问："这玩意能吃吗？"我知他的意思，早就是保护动物了。现在站在枫泾古镇的桥上，横幅赫然在目——"食用蟾蜍隐患大，危害健康还犯法"。于是蔚为大观的熏癞蛳产业全部变成了"熏牛蛙"。外地人不知滋味，夏虫不可以语冰。

女士们一听，什么？吃癞蛤蟆！太恶心了。但是为什么吃个木瓜炖雪蛤却觉得很优雅呢？

平湖糟蛋

有一年王蒙先生来杭，我跟陪到青山湖与天目山。吃饭时，老爷子说起了最难忘的美食："曾经在什么地方吃到过一种糟、鸡、蛋！"他把"糟鸡蛋"三个字说得特别用力。"鸡蛋竟然能拿来糟！这是何等奇妙的滋味啊！真想再吃一次。"我一听乐了，这不就是我们嘉兴的平湖糟蛋嘛。而且，应该是"糟鸭蛋"，而非"糟鸡蛋"。

更巧的是，平湖的朋友恰好不久前送来了一盒。第二天我把糟蛋带给王蒙先生，老爷子两眼放光，不似我们用筷子头挑破了慢慢吃，夹起来一口就是大半个，两口解决一只糟蛋，大呼过瘾。

平湖糟蛋是清代贡品，乾隆皇帝御赐过金牌，佐粥、佐酒俱佳。鲜鸭蛋放入酒糟中要渍五个月方成。酒糟中的醇、糖、盐逐渐渗入蛋内，使蛋壳软化透明，再渗入蛋白与蛋黄中，使其逐渐变质，呈半凝固的胶状。整只糟蛋晶莹剔透、酒香扑鼻。

沈慧芳活到一百岁，她大我祖母二十多，两人却成了老姐妹。老太太晚年生活拮据，一个人住在老旧小区租来的自行车车棚里，却特别干净。她为人乐观，喜欢打扑克牌、桥牌，大户人家出身的小姐，到底不一样。最后几年，她行动不便，头脑也渐渐糊涂。我跟着祖母去看过她一次，在"二毛"老职工楼底下暮气沉沉的小屋子里，一股霉味夹杂着饭馊味，桌上搁着没洗的碗筷。她说，真想再吃一次平湖糟蛋！

年已八旬的祖母动用了自己的"人脉资源"，从邻居那弄到一只糟蛋送了去。沈慧芳拿筷子一戳，里面已化成一包绿水，蘸一蘸，抿了抿，苦的，实在不好去吃了，终于未能如愿。

多年后，祖母无意间告诉我："南门的沈衡山（沈钧儒）就是沈慧芳的亲阿叔。"

桐乡煲

为了支持疫情后的中国电影，与二十多年的老同学胖子、老陈约了场《八佰》。一直找不好时间，场次越来越少，最后只能开车去了桐乡的电影院，看完电影找正宗桐乡煲来吃，倒也不虚此行。

三个老男人看热血题材，应景。电影两度高潮，热泪盈眶，收尾却略失水准。观影后一边听胖子批评，一边觅食。终于在一条黑灯瞎火的小街上找到了地道的桐乡"三毛煲店"，对面一家叫"老三毛煲店"。两爿店都是油腻腻的小破馆子，很能满足我们几个猎食者的标准——好东西藏在破饭店。我多了个心眼，一问，老三毛倒比三毛"嫩"。三毛煲店开张于2002年，老三毛则还迟了一两年。

店里供应的蟹煲、明虾煲、田鸡煲、烧鸡公煲统统卖完了，只剩下牛蛙煲与黑鱼煲。一会儿，两只不锈钢脸盆热腾腾、油汪汪端了上来。黑鱼、牛蛙、明虾、鸡脚、土豆、豆腐干，撒上葱段、一点点辣子与调料粉，这些食材的各种混搭是桐乡煲的取胜之处。猛吃半小时，没人说话。

小憩烛顾

庚子秋月

善见堂装

逢走边事

桐乡煲

王辉 绘

好吃与不好吃的临界点就是"油腻"，中间没有过渡。停箸，继续聊电影："要是让我编剧，最后应该……"

大概千禧年前后出现的食物都重油、重味精，易复制，有利于饮食的商业化与口味的全球化，文艺作品及人与事皆如此。

蒸馄饨

被称为"最后一位文人画家"的嘉兴耆宿吴藕汀先生有一张特别奇怪的画。画面上除了两个皮影戏人物外都是海宁的风味零嘴，柿子、甘蔗、螺蛳都看得分明，中间用荷叶裹着的一大包却不知何物。此画展出时，"藕粉"也众说纷纭。看题跋，藕老书法是出了名的难认。这桩案子最后还是给藕老的弟子吴香洲破了。

为此事我们吃了一顿"啤黄"——香洲兄说二十世纪七八十年代嘉善生产过这种酒，啤酒兑黄酒，请我当场一试——才道出藕老画中荷叶包内的是早已绝迹的小吃"蒸馄饨"。

先看香洲兄所释藕老题跋：

甲子八月，江浙战起。我年十二，随家人避乱故乡海宁，日惟登宝塔、跑城头、游寺院、看庙台为嬉。地方安静，无兵戈之患。水果有铜盆火柿、许村甘蔗正当及时；小食以傅家桥蒸馄饨为最，佐以砂仁，此土风也；并有池里螺

海宁风物

吴藕汀 绘

蛳作馔，其大为禾中仅见。
儿时梦影，随意写之，似有
隔世之感。药窗并识。

　　见说斜桥皮影戏，当年
买得纸头人。居家小户手工
艺，回首行将八十春。信天
翁又题。

　　壬午隆冬，吴藕汀，时
年九十写于竹桥。

　　从中可知，画中荷叶包裹之物名
"蒸馄饨"。然而，有两点大可怪也。
其一，馄饨都是煮的，为何要蒸？《水
浒传》中的船火儿张横每次把客人载到
江心就拔刀问，是吃"馄饨"还是"板
刀面"？可见"黑社会"都知道馄饨就
得下水。其二，画面上荷叶包内一颗
颗的如同果仁，多而细小，怎么会是
馄饨？

香洲兄精评弹，口音微有苏州腔，吃酒讲章八面生风，声情并茂："奈么……"

蒸馄饨原是老底子专供有钱人消闲的小吃，制作不厌其精，一客蒸馄饨正好一百只，每只才有蚬子肉般大小。挑馄饨担者将包好的馄饨置于一小方板，板上有十条微凹的木槽，十只排成一队，犹如码放银洋，一板一百只，顾客一目了然。所以也叫"吃一板馄饨"。因馄饨太微，不能煮，需蒸才不破，出售时以荷叶包裹。与此同时的，还有现买现刮现包现煮现吃的鸡肉馄饨。

江南美食的精微还真是不容置疑的呀！

陆稿荐酱鸭

"陆稿荐"这块牌子在苏州、无锡、嘉兴都有，酱鸭味道真的好。老底子大家都穷，碰到家里人身体不舒服，嘴巴没味道，要么当家人心情好、兴味起，"老坦克"骑到北丽桥堍，买五角或一块钱的陆稿荐酱鸭回去"杀杀念头"。所以这酱鸭的口味重，咸、甜、入味。

传说很久很久以前，四月十四"轧神仙"前夕，有个乞丐手捧两只陶钵，走进嘉兴城一酱鸭店求宿，陆姓老板留宿。乞丐将稿荐铺地，两只陶钵当枕，呼呼入睡，次日留下稿荐不辞而别。伙计烧酱鸭时顺手将破稿荐付之一炬，谁料这锅鸭子竟奇香四溢。老板称奇，突然想起两只陶钵相叠是个"吕"字，知是吕洞宾显灵，连忙将未烧尽的稿荐留下，之后每日抽出一根放于灶内烧制酱鸭，街市香气不断，从此生意兴隆。酱鸭店因而得名"陆稿荐"。

嘉兴陆稿荐是由黄富生创办于民国二十四年（1935），位于嘉兴市区北丽桥北堍，专营卤味熟食。酱鸭要选生蛋一年以上的本地麻鸭。杀鸭要"一刀三管断"，刀口只能有黄豆大小。

　　解放后公私合营，黄富生仍坚守店内烹制酱鸭，并将手艺传给儿子黄士龙。1997年北丽桥扩建重修，陆稿荐被拆。黄士龙下岗，自己开了酱鸭小作坊，老嘉兴都买账。烧酱鸭的配料有八角、茴香、桂皮、山柰等，这些是常规，祖传秘方不得而知。手工烧酱鸭要三汤三汁，所谓头汤去腥，二汤入味，三汤上色。酱油须是本地产红酱油、白酱油，民国时有大牌"高公升"。最后入味上色，要浸入陈年老卤，这个老卤是时间的沉淀。

　　2000年以后，成明荣拜师黄士龙，把陆稿荐做成了大饭店。如今到陆稿荐吃饭，一大桌美味珍馐，酱鸭不过是开胃冷盘中的一碟。

　　接下来我要讲陆稿荐酱鸭传说的另一个版本，恐怕连成明荣也没听过——那个吕洞宾变成的邋遢乞丐是住进了酱鸭店的阁楼而非大堂，也不是住了一天，而是住了许久。破稿荐连同身上的污垢，从楼板缝里塞塞窣窣掉到下面烧酱鸭的锅里，这才有了绝妙的色香味。门庭冷落的酱鸭店迅速蹿红，那是神仙考验了老板的善心后给的好处。等老板想起收留的叫花子，上楼一看，人已不见，只留破稿荐一领。

　　这个故事是我近三十年前听早已谢世的老潘说的，绘声绘色，印象无比深刻。这个版本似更有些"味道"。

鲫鱼嵌肉

吃了半天浓茶，我正要告辞，老作家陆明从书柜里抽出一部《中华汉语大词典》，蘸口水翻拣出一字示我，曰：鯖。

这个字至关重要，一般读作qīng，属一水族，但另有一音读作zhēng，意思是鱼和肉一起烧的菜。

鱼、肉同烹那是古风，我看起码能追溯到博物馆里那些绿锈斑驳的青铜器那个时代。小学家可以考一考"鲜"字的源头。乍浦现在仍有鱼肉炖羊肉。不过随着历史的演进，鱼和肉的烹饪逐渐各成体系，同入一锅的菜式并不很多，我想比较直接的原因是"时间"问题，鱼肉一煮即烂，牲肉则须久煮，导致两者终于不能在同一个"空间"。但鱼晾晒成咸鲞，肉质紧实耐烹，滋味又重，可以治肉，绍兴人的"白鲞炖肉"便是待客的大菜。

举一反三，凡做"鯖"菜，皆为隆重场合，或者年节团聚、待客，或者给女人坐月子、病人恢复体力进补。而这鱼、肉同烧的"鯖"中精品要算嘉兴的一种地道菜肴"鲫鱼嵌肉"。

我儿时家里常做，隔壁的好宝婆婆做得最好。那时菜场里还能觅得脊背乌黑的野生大鲫鱼，我们叫"老板鲫鱼"，鱼肉不易煮烂，鱼皮"韧结结"。将肥瘦相间的猪肉剁碎，做成肉饼子，塞入鱼腹。肉不能塞得太多太紧，不易熟。或将肉馅先炒半熟再嵌入。鲫鱼嵌肉一定是白烧，烹法与烧鱼同，放葱、姜、料酒，收汁。筷子戳下去，鱼鲜肉香，有时肉后还有一团鱼子。长辈不让小孩吃鱼子，说吃了会变笨。

我已有二十年没吃过这道菜了。不知为何，自从好宝婆婆这代人过世后，仿佛没人再做鲫鱼嵌肉，就连所谓的本帮土菜馆也不见有。一夜，腹空，翻来覆去睡不着，把这道菜想了起来。

糖桂花

八月桂花蒸，我妈最近又网购了5斤白糖，不知会不会做糖桂花。

江浙人烧菜爱放糖，主要是白糖，即蔗糖。计划经济时代有国营的"糖烟酒公司"，糖排在烟、酒之前，是老大，没有糖的日子现在很难想象。

一说"桂花糯米糖藕"就觉得很江南，一说"可口可乐"就很美国，其实这两者都要大量使用蔗糖。蔗糖是外来物，查历史，有说周天子时代、战国、汉唐，糖纷纷从西域传入。我想这些都是个案记录，老百姓普遍吃到糖一定是很晚的事。因此，红烧肉代表作"东坡肉"，其当年用糖着色的所谓"真实的烧法"，大可怀疑。

最早记载蔗糖约公元500年，佛典律藏中有记。古印度是蔗糖的发源地。后来，其制作方法传播到了波斯和阿拉伯地区，并在那里改良、完善。九百余年前的第一次十字军东征，让欧洲人在耶路撒冷尝到了甜头。之后，糖在欧洲成了昂贵的奢侈品，不仅作为美味食用，还用作香料、药品和防腐剂，是皇室、贵族的宠儿。14至15世纪，英国厨师烹饪猪头、兔肉、羊羔、浓汤炖鸡都用糖调味。还不够，糖与各路点心全面结合，甜食开始成为宴会的必需品。1403年，英格兰国王亨利四世的婚礼菜单上出现了"糖雕"，它被用作间隔先后两道菜的甜点。当年，糖雕是一种昂贵的食物艺术品，原料是杏仁糊、玫瑰水与大量的蔗糖，杏仁糊帮助塑形，使其可以做成各种动物、静物、建筑的形状，有的还在上面铭文。现在我们还能从婚礼或生日的蛋糕上看到糖雕的踪迹。至于餐后甜点，更是早已深入人心，这可不是中国传统的套路。

欧洲人患上了"嗜糖癖"，对糖的需求越来越大，其产量也在不断扩大。1850年以后，各种糖果甜点泛滥成灾，到十九世纪末，不到100年时间世界糖产量翻了5倍。

英国作为当时天下第一的老大帝国，想要多少糖就可以有多少。因为大航海之后，他们建立起殖民地种植园，加勒比地区正是蔗糖的主要产区，海盗、黑奴、殖民，规模庞大的蔗糖产业，由英国人指挥着蔓延全球，也包括中国。

谈了半天"甜与权力"，跑题了。我并不嗜甜，但二十世纪九十年代我外公赴桂林疗养带回来的糖桂花，让学龄前的我着了迷，每天跑外婆家（跟我老家在一条街上）。我一到，外婆即知来意，菜橱打开，捞一筷子糖桂花放我嘴里。原本作为辅料的糖桂花，仅苟延几周，随即告罄。这成了我儿时关于甜蜜最浓稠的记忆，糖桂花的甜味成为我亲情最初的构成媒介。

　　前些年我出差到桂林，机场买回桂花糖送到外婆家，也不知是糖变了，还是桂花变了，甜而无味。

大闸蟹

　　祖母常说 "九雌十雄"，那是等着吃大闸蟹的时节。农历九月宜吃母蟹，蟹黄似咸蛋黄而远胜之；十月西北风起，该吃起膏的公蟹，满嘴香甜丰腴的蟹膏，说话都不利索，也顾不上说话。现在大规模养殖，蟹提前育肥，蟹卡成为送礼佳品，公、母、重量都有编号，少了挑蟹的乐趣。

　　我们一家人吃蟹都特别起劲，蟹一上桌，其他一切菜全得靠边站。蘸料是 "南湖香醋"，我不喜吃醋，唯独吃蟹时好这口。老家的醋淡而鲜，别地的老陈醋总觉有股脚臭味，老人则还是推崇镇江醋，姜末要切得细，再来几勺白糖。搅拌的工作每次由我负责。

　　祖母抿一口 "贤湖亭" 黄酒，说道："法海和尚跟白娘子斗法，斗不过，逃进蟹斗里。" 吃净蟹斗，把头部那个三角囊撕破一翻，里面果然盘腿坐着一个小小的 "法海和尚"，细如蚂蚁，却眉眼毕现。还有一种玩法，将两个掰断吃空的公蟹大钳各取有白色骨片那一半，对称一拼，墙上一贴，形似蝴蝶，蟹钳茸毛上的汤汁自带黏性，干了以后半年

小姑垂顾

蓬莱远客

大闸蟹

王辉 绘

都不会掉。吃两只，则可得一对"梁山伯"与"祝英台"。贴上墙还可标榜一下：咱家吃过大闸蟹！《红楼梦》里宝钗咏蟹诗得了冠军，"眼前道路无经纬，皮里春秋空黑黄"，把螃蟹骂了一顿。她不知道吃螃蟹还有《白蛇》与《梁祝》的浪漫，不如我祖母。

文人标榜食蟹文化，总要提"蟹八件"，那是苏州兴出来的，或锤、或钳，或撬、或挑，高明者吃干净整只蟹，能将空蟹壳、空蟹脚完整还原。这种文雅吃法的前提大概是衣食无忧，有身价的人或诗书人家为了吃相好看，流行起拆蟹工具。吃大闸蟹就得牙舌并用，灵巧自如，或啃、或咬、或嗷、或舔，连吃二三只，舌尖鲜得发痛，方能尽兴。

祖母五十多岁时，我祖父就没了。她只有与家人饮酒食蟹时最快乐，如今九十多了，食蟹亦难矣。

鱼头滚豆腐

砂锅端上桌，启盖，浓汤犹在翻滚，豆腐和鱼头都炖胖了。急性子来一大勺，往往会烫嘴巴，果然冲动是魔鬼。

凡做鱼头，都该是家常菜，因为要尽情吃光一个鱼头，吃相势必难看，吃到最精华的脑髓，就得上手，连啃带嗍，好不痛快。最烦宴请时一大桌的人和菜，上一个巨大的鱼头，大家戳几筷子，都朝它看，它也朝你看，谁好意思当众去嗍？这个鱼头必然是浪费了。

以前菜场里卖鱼多是青、草、鲢、鳙。鳙鱼就是嘉兴人说的"花鲢"，我到杭州以后才将它与"包头鱼""胖头鱼"联系起来。嘉兴人炖鱼头豆腐比较清淡，鱼头先入油锅煎透，多放料酒、姜片，汤汁要乳白色，浮着油花，除了豆腐还有放木耳、粉皮、笋干的，连汤带料趁热吃。老杭州饭馆里有一道"木郎豆腐"，就是砂锅大鱼头滚豆腐，味道应该相似。读王旭烽的小说《南方有嘉木》，茶饮之外总记得杭天醉喜欢去吃这个"木郎豆腐"。

鱼头与豆腐的组合，老嘉兴还有一种做法，是将鱼头煮到酥烂，取

鱼头滚豆腐

辛丑元月美见製

王辉 绘

鱼脑淋到滚烫的豆腐上，大口趁热吃，啧啧啧！

临安衣锦街上曾经有过一爿小店叫"校友酒家"，专卖鱼头锅，招牌是"千岛湖有机包头鱼"。做法与嘉兴的截然不同，除了鱼头、豆腐，似还有鱼肚、鸭肠、笋片、蛤蜊、小河蟹一切二、大蒜头、辣椒……记不清了。我有好几年都迷恋这一口，冬天吃自是销魂，就连三伏天也不惜在空调下吃个大汗淋漓。临安撤县建区后拆了半个城。此后，再没吃到那销魂的鱼头锅。

江南人吃鱼头时可顺便占一卜。家里老人从小教我，鱼头两鳃附近各有一骨，一头尖，另一头像鱼尾，叫"鱼仙人"。筷子夹到"鱼仙人"后，不能入口，每个菜上点一下，是供一供的意思。然后，在平整的桌面上诚心诚意掷下，令其自由落体，看能不能立住。一二不过三，最多掷三次。立住会怎样？苏州人的说法是"心愿成真"，嘉兴人的说法是"有客上门"。

"心愿成真"，好比西洋人采到四叶草、流星划过、眼睫毛落下、生日蛋糕吹蜡烛前许愿云云，有些大而无当；"有客上门"虽然不甚要紧，倒显出这种"占卜"的实用性。

从前慢，吃一次鱼头滚豆腐或是远方来了客人，都是重大的事。

牛肉包子

春波门即东门，老火车站、旧宣公桥、立交桥过来，穆家洋房斜对面有清真寺，全称叫"清真教寺"，建于明万历年间，边上还有清真女学，是嘉兴城穆斯林的中心。大年堂弄里七弯八拐，回族聚居数百年，近些年拆迁，想必有许多故事星散。

嘉兴回民习武成风，历史上高手如云，民国时出过豪侠，当年甚至《申报》上亦有过报道——双手各抬起一辆马力全开的吉普车，威震上海滩！后来此人提刀抗日，一时传为佳话。当代武林高手则有"掼牛"传人韩海华，拳馆就在春波坊内。

武术呢我小时候也学过几天。当年的师傅老王，六十来岁，光头戴一顶回族教帽，留山羊胡，一腿跛。王师傅每天傍晚两小时，在原来的南杨小学水泥地上教拳，收一点学费。二路谭腿、四路查拳，都是套路。我练了个把月连个"鲤鱼打挺"都起不来，不必谈飞檐走壁。拳法早忘，唯一记得的是王师傅一身牛羊肉的膻味。

王师傅家是卖牛肉包子的。有时早起，我爸骑车载我到大年堂那一片棚子铺去吃。我小时候不爱吃猪肉馅的食物，总是挑肥拣瘦，换成牛肉馅的就没有心理障碍。

牛肉包子是一种生煎包（上海生煎有名，猪肉馅，沪语叫卖"生煎包"的吆喝，北方人总听作"双肩包"），个头远大过上海生煎，两面煎得焦黄，壳子厚实，外脆内绵，牛肉大葱馅极饱满，散发着一种异域奇香。除包子外，同锅出来的还有牛肉锅贴，皮薄，又是一种口感。食客往往包子、饺子搭配。此外还供应牛肉汤。汤用牛大骨熬成，略施咖喱，多放葱花、香菜，碗底有几片薄切牛肉，我爸总是将他汤碗里的牛肉捞出给我。我当时的胃口大概能吞两只包子外加两只饺子，落胃后是真的抗饿，能饱足一上午。武侠小说常道：只觉说不出的舒服受用。

陆明在《嘉兴记忆》中写过清真饭店春华园，可以算作是牛肉包子的前尘往事：

> 春华园由回族厨师王学文创办于抗战前。王学文原籍河南，三十年代来嘉兴在孩儿桥（今建国路天宁寺街口）搭简易棚经营牛肉汤包子，稍有积蓄后即起造三开间两层楼回族菜馆，取名"春华园"。现在五十岁上下的嘉兴人，对于春华园印象深的恐怕除了牛肉汤包子，便是清炒牛肉丝、爆三样和三角五分一大碗的酸辣汤了……

春华园在二十世纪八十年代变味，九十年代店已不存。不知这位王学文与王师傅有没有点关系。但经营牛肉包子的手段看来是延续下来了。

后来，我到河南开封以及北方一些城市尝清真饮食，从未见过类似的牛肉包子。基本认定这是回民迁居江南市井数百年来形成的一种风味，即清真食物的品格而兼江南的细腻。

做包子兼教拳的王师傅，我从未见他出手，直到几十年后在酒桌上听人说起："回教帮的老王各路拳法、兵器都通，当年在武林中是了不得的人物，晚年半边风（偏瘫），动不来了。"如今，王师傅恐已不在世久矣。

牛肉包子铺似乎仅限禾城，江南其他城市并不得见，禾城内可谓到处都有。老牌且著名者在南门杨柳湾，那是最熟悉的故地，我每次回老家，必去报到一次。

寒冬腊月，天微微亮，搓手坐进牛肉包子铺，刚出锅的包子泛着油花，淋上些香醋、辣酱，一口咬下去，肉馅里一包滚烫的牛油射在不锈钢盘子里，瞬间凝结成脂。

龙凤汤

　　每回去看老作家陆明，蹭一餐饭，"搭点"（详见陆明著《我的吃酒》）。老陆从来都是亲自买菜、下厨。《随园食单》开篇就说，烧一桌菜，司厨的功劳占六分，采办食材的功劳占四分。因此，老陆可得满分。

　　他烧菜，我在书房等。见书架上一是周作人，二是汪曾祺，空间有限，这一架子书必是人生书海里筛了又筛的爱物，码放得齐齐整整，与他说的吃相一样，要"门前清"，连杯盏边的骨头骨脑都要放整洁。

　　晚来风起，关门对酌，老陆给我留了一坛四年陈的土酿"十月白"，甜而醇美。开洋豆腐干、新蚕豆、咸薹芯、灰鸭蛋拌生豆腐，皆过酒好菜。主菜还在锅里，我到厨房门口偷窥——两根筷子架在砂锅上，锅盖隔筷盖，热气腾腾。上桌启盖——鳝段炖土鸡。

　　野黄鳝，去头尾，整段放入。鸡是昨天新塍乡下送来的一只五斤重的公鸡。鸡胸脯肉割下炒笋，其余炖汤。除了几瓣不去衣的大蒜头，再无佐料。炖了半日，肉酥。老陆在乎的是汤，自己先舀一勺尝尝，大呼："哦呦，鲜格！"

汤是我喝，他吃得很少，过酒则"草草杯盘"，两块豆腐干足矣。听他谈当年与林斤澜、陆文夫吃酒，谈汪曾祺、高晓声吃酒，云云。举头，墙上挂一幅吴藕汀的画，是陆明年轻时摘了鲁迅与许广平《两地书》中一段（大约是"梅花与菊花同开"），嘱藕老绘及跋。虽是"遗老"，本质还是崇尚自由之精神。

吃酒的搭子不论年龄，性情要对路。

次日，老陆微信："一起把杯的回数不多。下次如不约而来吃酒，使我有望外之喜，更好、更好！昨晚的鳝筒汤以鸡翅、鸡爪做辅料，是临时抓瞎弄成的，戏称"龙凤汤"，有点儿从粤菜"龙虎斗"（蛇肉与猫肉同烹，从前在乡下做知青时吃过多回）演化过来的意思。味道挺不错吧。我以为做菜和作文相通：烹无定法！足下觉得如何？"

饭镬萝卜

我最近悟出一个道理，天下蔬菜，萝卜最有禅味。如果"禅"有味，那就是冬日里"饭镬萝卜"出锅的味道。

江南方言有古意，把"锅"叫作"镬子"，是青铜器的旧名。饭镬萝卜是流行在南方农村中最便利、最经济的一道菜，只需家里有锅灶、地里有萝卜。我爸说他下乡那会，人也吃萝卜猪也吃萝卜。贫苦年代，萝卜总还有。饭镬萝卜不用油盐，不占锅台，不多费人力、时间，最有"简素的精神"。而今城市中，这已是一道稀奇菜了。我家老宅虽在城中，却一直有一口烧柴禾的土灶，我小时候家中就常有这道菜，我却最讨厌吃萝卜。我妈一年四季周而复始地说："冬吃萝卜夏吃姜！"我还是不吃。

有一次，赴老作家陆明先生家对酌，吃两盏苏州黄酒。陆明是嘉兴籍"美食家"，翻开他写的《我的吃酒》，酒香四溢；打开他写的《味生谈吃》，更是大吞口水。在他家可以吃到"古典"的民间美味，最接地气，如开洋豆腐干、蒸荙白蘸糟油、南湖菱烧豆腐……特别是起饭锅的时候，拿根筷子，米饭上捡出一碗饭镶萝卜。本地小红樱桃萝卜切滚刀块于米饭上同蒸，热气腾腾捡到碗里，还粘着饭粒，萝卜的清甜与喷喷饭香相得益彰，淋酱油，趁热一大口，香、甜、鲜、绵。我才悟出，萝卜滋味的高级。

记得有一年春晚，赵丽蓉的小品里有一道菜叫"群英荟萃"，其实是"萝卜开会"。萝卜让全国人民大笑，毛主席说"卑贱者最聪明"。日本人把萝卜写作"大根"，更是直接而质朴。偶然读到伊藤若冲的一张画，叫作《蔬菜涅槃图》，各种蔬菜如同佛诸弟子，围绕着正进入涅槃的"大根"。看那萝卜——是佛陀的化身。

腊八粥

　　我的生日是大寒，前后即腊八。儿时早晨起床，祖母笑眯眯从棉饭窝里取出一碗热腾腾的腊八粥。那是隔壁觉海寺通宵熬成，凌晨四点多就敲门送来的，是我记忆中最香甜也最神圣的早餐。

　　若是研究"饮食宗教学"，我看须从腊八粥开始。农历一年最后一月称"腊月"，月字旁的字往往与"肉"有关，腊月从上古三代起就是中国人祭祀的月份，祭祖、祭鬼神，用肉来祭。那时候的猪肉比现在还贵，祭祀之后人也能吃上，补充热量，对抗"寒冬腊月"。佛教传来，吃肉变成喝粥。接下来的故事人人尽知：释迦牟尼在大雪山苦行六年想证道，日食一麦一麻，饿得皮包骨头也不成，还是得吃点，下山遇到牧女，施舍他一碗"乳糜"，大概很像今日牛奶泡麦片的营养早餐，释迦牟尼恢复体力，在菩提树下入定七日，领悟中道（不能太饱、不能太饿），遂成佛祖。为了纪念教主成道日，这就有了施粥之举，具体日子定在哪天？东土腊月要大行祭祀，过了腊八就是年，正好移花接木，三教圆通，利于传播。

腊八粥

王辉 绘

　　腊八粥里要放多少杂粮、坚果说法各异，南宋《梦粱录》说"五味"，《清稗类钞》说"七宝五味和糯米"，《武林旧事》《燕京岁时记》等书列的清单就长了，冰心先生的文章里写了十八种，代表十八罗汉。

　　我不在乎，懒得历数。佛教的基本行止是爱惜信众的供养，过午不食，本质上也是为了尽可能少地利用食物。因此，寺院往往是把一年到头余下的各色谷物食材悉数熬成一锅，广结善缘，回馈信徒。当然，如今的寺院都是大手笔，义工云集，粥食精美，相当于年终客户答谢会。

　　我从小在晨钟暮鼓声中长大，老宅在嘉兴府南门内报忠埭，往上数四代住的宅基地属于觉海寺的庙产。儿时常给我供果吃的雪光大和尚早已圆寂，最后一次吃到他住持时庙里熬的腊八粥已是二十多年前了。但闭上双眼，庙里腊八节那一点清寒中的热络、因信念而升起的喜悦仿佛仍在隔壁。

老太婆黑鱼面

"老太婆面馆"在海盐塘路，嘉兴市图书馆斜对面，离南湖渡口两个红绿灯。

掌柜的就叫"老太婆"，76岁，矮小，瘪嘴，抽烟，喝酒，烫头，头发焗成咖啡色，两只金戒指，一只嵌宝戒。她在自己三十几平的面馆里背手巡视，呼来喝去，喊面收账，指挥若定。每天起大早备菜开店，别家面馆只开一个上午，她家做满整天，吃客络绎不绝也不妨碍她一天喝四顿老酒，早、中、晚三餐烧酒总要六两才过瘾，忙到晚上八点，麻将搭子来电"三缺一"，这才拉门去搓麻将，到十点半，再加一顿夜酒，好困觉。

老太婆面馆的面，样式丰富，味道一流，白鸡面、三鲜面、田鸡面、羊肉面、羊脚面、鳝爆面、肠腰面、鸡杂面……特色则是黑鱼面。

老太婆搓麻将，摸牌不用看，大拇指一撸，"策那，黑鱼！"一张八筒打出去。黑鱼长相丑陋，浑身长满大圆斑，民间总是不待见它。婆婆骂媳妇就叫"黑鱼精"，家里出了"黑鱼精"水被搅浑，不得安宁。

其实黑鱼肉质极富弹性，刺又少，鱼皮胶质多有韧劲，熬汤浓稠如奶，做炒鱼片更是滑嫩鲜美。

老太婆的大儿子掌勺，黑鱼片配雪菜，再放一点黑木耳和鲜红小米辣椒，大火爆炒，面再入锅，鲜得来——食客等面上桌时，搓着手，嘴里总是"嘶嘶"作响。

我与老陈每年"对吊"（二人喝酒）一次，就选老太婆这样的小馆，面浇头改成炒头，一盘黑鱼片、一盘爆三鲜、一碟白斩鸡、两斤杜做米酒，这才可以有资格与店里独酌的老酒鬼们对视。

老太婆隔桌抿一口酒，攀谈两句，摊开断指的手掌，嗓音洪亮："吾在南门菜场卖菜16年，又卖肉8年，绞肉机里绞进去三个手指头，60岁在大兴路开面馆，生意好到来勿及，后来搬到这里14年，老客从大润发那边还要赶来吃早酒！"

她又说："吃苦吃一世，过年也没得休息，这条街面只有我开门，我是不想做，客人不肯。"春节期间一碗面加5元，老主客们都买账，因为疫情，小工不回老家，加班工资翻倍。老太婆叫苦不迭，却面有得意之色。

另附：嘉兴各家面馆里往往以大铁皮桶泡一纱布袋的粗老红茶，又香又酽，一碗面食罢，一次性杯子接上一杯啜饮，嗑着牙花子，胜过许多茶席上的精致冲泡。

狮子头

对我来说，过年的序幕是从外婆斩肉、油汆狮子头飘出奇香开始的。

狮子头是淮扬菜，扬州的狮子头名气大，个头也大，两三人一顿咴一枚足矣。奢侈者有蟹粉狮子头，朋友载我到南京狮王府，清炖狮子头端上来白如一捧雪，大如皮球，底下衬着碧绿的草头，一碗蟹糊淋下，顿时金碧辉煌，舀一大勺入口即化，肥腴鲜美，的确将猪肉之用发挥到一种高度。旁的不赘述，做这款狮子头的奥妙，在于恒温八十摄氏度的水中炖足四个小时。

另有一种"铁狮子头"，要用有筋的肉来做，肉筋经过油炸，又硬又脆有嚼劲。

油炸肉丸子要够大、够霸气，炸得金黄灿灿好不威猛，唤作"狮子头"实至名归，年节里吃起来透着吉祥、闹猛。中国人喜欢狮子，从西域而来的雄狮载着文殊菩萨的佛法，法藏为武则天讲经也以金狮子为喻，而成《华严金狮子章》。大概因佛教之故，狮子在国人心目中的地位比老虎更高一头。虽说虎虎有生气，但对"大虫"褒贬不一，尚需罗汉"伏虎"。

狮子头过了长江到江南，个头也随之秀气。憨头大脑的，一个就闷饱了，江南人喜欢"小悠悠的"东西，也好多吃几个。苏北移民几代下来与江南融为一体，民间过年吃狮子头也蔚然成风。我爸回忆吃过最好吃的狮子头是他小时候，祖父带着去香橼浜苏北工友的喜宴上。喜宴就办在自己搭的棚子里，上来就是三碗狮子头，每碗里盛四只，一人一只。祖父过世很早，我没有记忆。

二十世纪九十年代的斜西街与禾兴路交叉口那一段，下午三四点开始，街面两边就自成菜场，骑自行车下班路过的人正好买菜。其中让我印象最深的一个摊位就是叫卖狮子头的，那位大阿姐嗓门雄浑洪亮，一嗓子"狮子头哎——"响彻半条斜西街，真是河东狮吼，惊破痴愚。

南湖附近的烟雨小区后门口有一爿"狮子头面店"，招牌就是狮子头面，独树一帜。

我外婆善烹饪，尤爱用姜，她告诉过我，烧菜的锅铲是有神佑的，那位神叫"铲刀娘娘"，烧菜放盐、糖等调味料，要先放在铲刀上，再拌入菜中，那是祭神，烧出来的菜味道就鲜。外婆烧的狮子头更是奠定了我对此物口味的标准，若说与别家有何不同，也许就是生姜放得略多。

儿时春节前我总是看着她斩肉、绞肉、拌肉、打蛋、切油条、生煤炉、开油锅，总要费时一整个上午。到下午二三点钟开始炸第一锅狮子头，外婆总是先做几个小而扁的，可迅速炸熟，让我尝尝咸淡，实则给我解馋。那一口，真是胜却人间无数。

附外婆狮子头的配方：六斤左右夹心肉，或剁或绞成肉糜，打八个鸡蛋，一小碗生姜末，八根油条（油条要手切，不能弄得过于细碎），少许淀粉、水、酱油，适量盐，注意料酒要用白酒，且须顺时针搅拌均匀。

也有人用面粉、面包糠等，或混入荸荠丁，皆不如只用老油条。

狮子头做成，几房分而食之，可以足足吃过正月。年夜饭最当中总要有一暖锅，锅里要滚入十来个狮子头，滋味才堪坐镇。岁月如梭，外婆年事已高，勉为其难又坚持着做了几年，今年实在做不动，鼎镬终于停烹。

红烧蹄髈

阿三临终前的心愿，就是想再吃一只冰糖蹄髈。儿子赶紧买来奉上，他尝了尝，留下最后一句话："味道还没有进去。"

如此挚爱蹄髈，也是一种境界。

靠山吃山，靠海吃海，过去物流不通，大家的口腹局限于本地食材。江南农村擅养猪，民间食谱非常看重蹄髈，过年或喜宴，最后的"大件"一定要上一只红烧蹄髈。毛脚女婿或毛脚媳妇上门也要用蹄髈招待。给人做媒有句话，"做得好要吃十八只蹄髈，做不好要吃十八只巴掌"，既是说做媒有风险，也看出蹄髈之分量也。

"红烧蹄髈"是最大的泛称，嘉兴的西塘古镇出"送子龙蹄"，上海的枫泾出"丁蹄"（丁义兴蹄髈），嘉兴城内做的则是"蒸缸蹄髈"，还有先下锅炸得皱皮的"走油蹄髈"。做法都大同小异，最重要的是冰糖、绍酒与火功，如有老汤则事半功倍。所谓红烧，原是冰糖着出的糖色，现在离不开老抽。多用酱油有股"酱潲气"，但有些人如我，酱蹄髈反倒是性命。

红烧蹄髈

王辉 绘

老话把吃蹄髈叫作"掘藏"。大意是用筷子挖蹄髈肉，类似挖掘宝藏，寓意美好。宴席等到蹄髈出锅，好比一台戏唱到"大轴"，梅兰芳出场，艳惊四座，糜酥塌烂，难分肥瘦。

过去穷的时候，年夜饭烧的几个硬菜是光看不吃的，从初一到十五，主人大声命客人吃鱼吃肉，客人不会下箸，如有小儿冒失，也会被打掉筷头。这是共同贫穷达成的默契，俗称"敲鱼拨肉"。如今过年吃到怕，见了红烧蹄髈，如见粗妇，是另一种"敲鱼拨肉"了。

吃兹年糕年年高

南方人过年吃汤圆及年糕，而且年糕的地位犹在汤圆之上。我见过许多祭神、祭祖的仪式，祭品中是没有汤圆的，但切成三角形的年糕则绝不可缺席。

年糕是糯米食的第一代表，不但好吃，更耐饥。我小时候家里常做"菜落年糕"，就是将年糕切片与先煸炒过的"苏州青"一起煮，年糕也糯、青菜也糯。或是"胶菜肉丝炒年糕"，胶菜就是大白菜，早年以山东胶州出产运来的最好，年糕也烂、胶菜也烂。年糕切片，越薄越好吃，我总嫌祖母切得厚，现在想来，切年糕是很费劲的，自己试一试，手掌疼得要出茧。

年糕虽是极简单又廉价的食物，但每次吃起来好像都有点模拟过年的喜悦。我爱吃菜场里出售的硬年糕，是在糯米当中掺入了粳米，硬邦邦的不粘牙，尤其是一块年糕的两个头，韧结结的。祖母说我是只"洋盘"，年糕么要乡下打出来的新鲜糯米年糕，形状像一只布鞋，才叫好吃，黏得差一点把她的假牙都粘掉了。

有一年，外公带我回他的老家长兴过年，先到他的出生地"许家浜"，又到姑婆生活的"南孙"。他年轻的时候嘉兴与湖州是一个地区，算不上背井离乡。我那时很小，印象浅，记得乡居一出后门走几步就可以看到太湖。每天的早饭是外公最喜欢吃的"年糕泡饭"。

后来我在东京国立国会图书馆查资料，发现那个也去敦煌捞过经卷的大谷光瑞竟然在1940年时已经为日本吞并整个亚洲后的建设写过一个详细的计划，并绘制了地图，他极力认为"亚洲一体"后的新"首都"最好的位置应该设在中国太湖边的长兴。这当然跟年糕没关系。

年糕中最为出色的要数宁波余姚的，软硬兼备之间把捶打糯米的技术推向极致。余姚的明朝遗老朱舜水流亡日本，在长崎的船上住了三年，后来被水户藩主德川光国迎去当老师。我在东京大学农学部的校园内找到"朱舜水先生终焉之地"的纪念柱。在异乡为国师，年糕倒不缺，因为日本也是一个年糕大国。

记得初读日本民俗学的书，开篇就拿年糕说事，日本各地每到新年都吃年糕，但有方圆之别。《聪明的一休》中吃的"红豆年糕"似乎是圆形的。这位日本临济宗祖师一休宗纯的法脉源自宋代高僧圆悟克勤。

扯来扯去，我们江南的年糕似乎与日本年糕大有关涉。1966年，日本学者在考察亚洲全域的基础上提出了"照叶树林文化论"。从喜马拉雅山南麓东经不丹、印度阿萨姆邦、缅甸、中国云南南部、泰国、老挝、越南北部、中国长江流域的江南地区，直至朝鲜半岛的一部分，再到日本西部这一辽阔的自然带称为"常绿阔叶林带"，日本称之为"照叶树林带"，因为这个地带的树叶都像茶树的叶子那样，表皮较厚，在阳光照射下闪闪发光。凡是生活在这个地带上的人，都有着类似的生存方式，饮食上的第一特点就是糯食——吃年糕。

过年了，祖母必定会说一句："新年新势，吃兹年糕年年高。"

"毛一千"与"有底档"

年夜饭的菜只只有讲头。祖母有两个菜,以前年年烧,一个叫"毛一千",一个叫"有底档"。

"毛一千"就是烧一盆芋艿头。好吃的芋艿头产自宁波奉化,奉化旧时有三头:望着武岭头,吃着芋艿头,靠着蒋光头。芋艿头遍身长毛,也叫"毛芋艿"。小时候帮着刮生芋艿,刮得手痒、脚痒、浑身痒,祖母说:"不要抓,越抓越痒,芋艿烧熟,马上不痒!"因芋艿多毛,得了个讨彩头的名字"毛一千","一千"泛指极多,意思是新的一年做生意毛利多多,暴富。

"有底档"说的是茨菰,江南人多爱吃茨菰。茨菰烧肉、炒鸡或者用咸菜卤单烧都好吃。茨菰水生,芽叶有清秀之气,吃的是其肉质球茎。每次烧茨菰,祖母都会不厌其烦地介绍一句:"茨菰化痰。"好像中国人的喉咙里的确总是有许多痰。茨菰这东西长得像个大蝌蚪,有一个长长的蒂,正是这个造型,谐音"有底(蒂)档"。寓意新的一年生活很富足、有底气,做生意不缺本钱,贷款还得上,工资发得出,资金

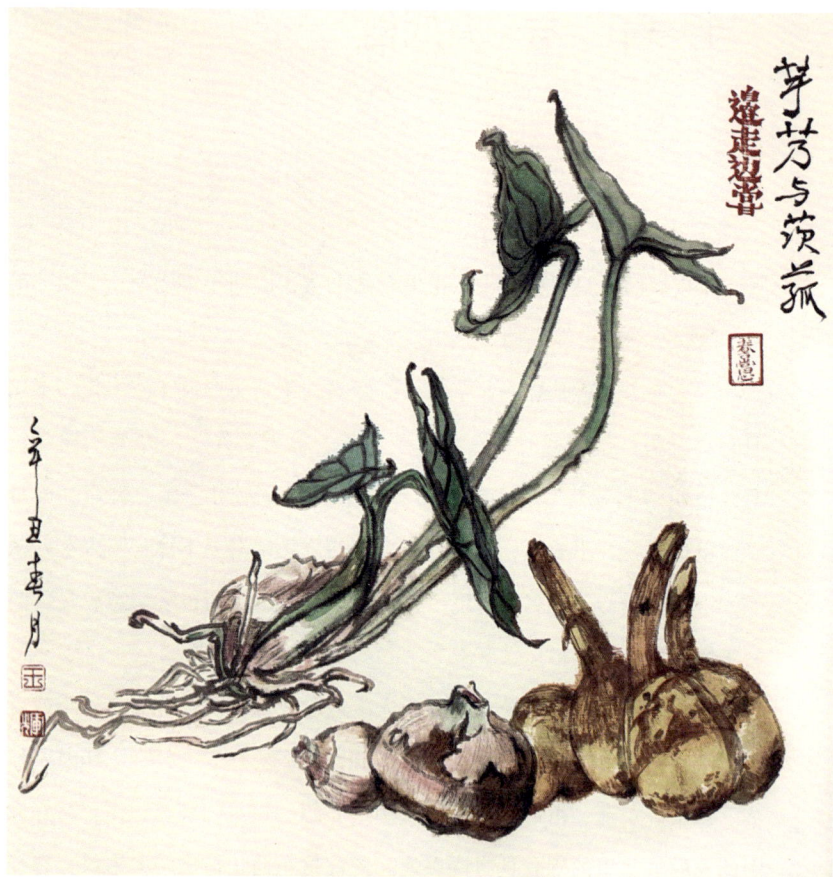

芋芃与茨菰

王辉 绘

兜得转，不会发生次贷危机。

其实呢是过去穷，过年杀只鸡、割块肉要省着吃，所以烧肉、炒鸡里须混入大量芋艿、茨菇之类才经得起吃。

我家上数三代都是嘉兴府中小市民，据说老辈人里有在沪禾两地开过饭店、茶庄、炭行、米行的，无法详考，想来都不大，蝇头小利讨生活，不似阿Q们的祖上都阔过。

芋艿、茨菰的口感类似土豆，茨菰略实，微微有点涩，但正是这微妙的苦涩才令其与土豆、番薯之流的格调拉开差距。汪曾祺曾评价，茨菰"格最高"。这又是对江南风味的另一种品味了。

要"毛一千""有底档"，还是要"格最高"？任君开心。

鲜肉烧卖

大年初一，早点最繁荣的"南门"一片几乎都歇了业，从禾兴路转南阳路弯到安乐路穿进杨柳湾再出砖桥弄到斜西街，只有一家"四时春"烧卖店热气腾腾，吃客盈门。一进店，做烧卖的、吃烧卖的都是本地人，没有一句普通话。嘉兴人年初一作兴吃烧卖，以前郊区乡下人进城第一件要紧事也是吃一客烧卖。而做烧卖资格最老的要数斜西街。

北方人心目中的烧卖，主料是糯米，个头也大。即便是我在南京点过的鸭肉烧卖，其实还是糯米馅里混入鸭肉丁。而嘉兴连到上海的烧卖，虽然也有加入一点虾仁、蟹粉的，其实根本口味只有一款——鲜肉冬笋。上海枫泾有一家阿六烧卖很有名，一过中午就卖光，滋味有斜西街烧卖的水准。

一客烧卖十只，冬笋切成小丁混入鲜肉中，拌入皮冻，顶上收口处还要放上两颗笋丁。其实冬笋成本高，烧卖店所用的笋大多是产自德清、临安的罐头笋。罐头笋的选料往往是毛笋，物美价廉，大锅蒸煮后真空装入大铁皮罐，没有任何添加剂。罐头笋切碎裹入烧卖一蒸，鲜味

鲜肉烧麦

王辉 绘

犹存，食客只要能从鲜肉中吃出笋丁脆脆的口感也如冬笋一般。

记得当年斜西街的烧卖一上桌，皮子上端还留着生粉，但肉馅滚烫。拿小碟倒上嘉兴酿造厂产的南湖香醋，这种醋与陈醋不同，色泽淡雅，微酸，很合家乡人的口味。一只烧卖堪堪坐满一碟醋中，经冷醋一蘸降了温，正好送入，一口一只，肉汁满溢，香醋正好解腻。以我的食量，从第一只吃到第八只，越吃越想吃，吃足十个正好心满意足。

现在的人很流行说"生活要有仪式感"，那你一定要试一试大年初一睡过懒觉后，连吞十只鲜肉烧卖的仪式感。

老复兴汤团

  我祖母最相信吃肉汤团，她常说"大街"上复兴汤团店的肉汤团顶好吃。老嘉兴人把建国路称"大街"，晚清、民国至今，老字号如五芳斋粽子、杏花村粉丝、正春和布店、陆稿荐酱鸭等多在这条街面上。礼拜天没事，祖母就去"荡大街"，犒赏自己一碗复兴汤团。

  当然祖母也承认名气最大要数宁波"缸鸭狗"的汤团，她是解放前吃到的。我则是千禧年后吃到的，坐在店里伸头能看到天封塔，但味道终究尔尔。现在更是小吃种类丰富，连锁、外卖、扫码自助点单，中国老字号基本都是借尸不还魂，说不定后厨煮的多数还是速冻汤团。

  祖母之所以老是想念复兴汤团，大概原因有三：一是复兴汤团真的好吃，二是国营时代嘉兴城的汤团店只此一家，三是老潘在复兴汤团店里上班。老潘是我的小说人物，曾是我家邻居，从解放前一路过来，独自一个女人带大一个儿子，脾气大，谁来都给一个汤团一样的白眼，独与我祖母交往和睦。

  我从小就喜欢听老潘讲故事，其中就有关于汤团的——断桥上面有

老复兴汤团

王辉 绘

个老头子挑担卖汤团，大汤团一文钱五个，小汤团五文钱一个，大家都去买大的吃。有个老伯伯抱着孙子来晚了，大汤团卖光了，只好五文钱买了一只小汤团给孙子吃。小孩一口下去噎牢，翻了白眼，卖汤团的老头过来给他背上一拍，那颗汤圆咕噜噜吐进西湖里，桥下正好游过来一条小白蛇，吞下汤圆成了仙，后来变成白娘子。桥上那个小孩就是许仙，卖汤圆的老头子是吕洞宾。

故事迷人，但觉神仙（特别是吕洞宾）也真无聊，做各种事情像是不需要动机，不过也因此高看起了汤团。

老复兴汤团一客六只，现包，皮薄馅多。甜汤团轱辘似圆，豆沙、芝麻都粉粉细；咸汤团有个尖，一口下去，滚烫一包汤汁，鲜得来……这些都是近半个世纪的记忆，后来店没了，自家也懒得包，吃的多是超市的速冻食品。

近日，老家的朋友给我"安利"了两家汤团店：一家是秀洲路口"老嘉兴汤团"，另一家常秀街上的"义兴汤团"更叫好。我问怎么个好吃法？答：老复兴的味道找回来了。

牛踏扁熏毛豆

　　江南许多地方拿青毛豆制作烘青豆。德清、长兴两地都有我家亲戚，烘青豆从小就能吃到，老人们青睐有加，我却不大爱吃，嚼得腮帮子疼。我猜以前没什么零嘴可吃，烘青豆是上选。余生也晚，没出息的吃了膨化食品，儿时对硬邦邦、咸滋滋的烘青豆兴味索然。

　　德清有一种咸茶，是用烘青豆配上橘子皮、芝麻、笋干、丁香萝卜干（胡萝卜）、豆腐干等六七样东西一起泡的茶，又称"防风神茶"。防风氏是上古诸侯王，大概不服中央，被大禹给收拾了。说明江南的烘青豆咸茶非常古老，保持了魏晋以前一直到传说时代混饮的古风。杭州余杭也有此物，我长兴的老姑奶奶更是做了一辈子烘青豆的高手。

　　上海青浦练塘古镇上的茶人年年给我寄一些那里产的熏毛豆佐茶。我的天，吃了一颗就停不下来！哪有空佐茶，一口气吃一袋。熏毛豆所用原料是一种颗粒扁平的当地产毛豆，俗称"牛踏扁"。

　　一般的青毛豆上市后还要等上一个月，到九月底，"牛踏扁"姗姗而来。阿婆们拿出煤饼炉子开始熏，一般的豆子十斤可得八斤，"牛踏

小快朵颐

庚子中秋 善见制

熏毛豆

王辉 绘

扁"十斤只得六斤。因为违背商业规律,所以现在少有人做。但它质地软糯,熏完之后不是硬邦邦的,有一股韧劲。滋味是糖盐各半,咸中负甜,甜中抱咸,咸甜暧昧,好喜欢。我负笈东瀛时,带去几包,与纳豆对比着吃,清酒独酌。

炒知了

知了即蝉，吴语叫"胡知了"，知了盛夏鸣叫起来的声浪真是胡天胡地，大概因此姓了"胡"。

前些天看浙江电视台有一则新闻，说是过多的知了对树木有害，杭州的园林工人捉不完，呼吁市民一起捉，这虫子油炸一下很好吃。很多人引为笑谈，知了怎么可以吃？油炸一盘，想想也很恐怖。有些地方油炸的是知了的幼虫，也就是"金蝉脱壳"之前的形态，这吃法未免野蛮，我绝对不碰。

然而，我是认认真真吃过知了的，那是童年往事——

沿着记忆的山路蜿蜒而上，回到德清县武康镇筏头乡狮子山的盛夏。那年我小学毕业，暑假跟着大人进山到亲戚家避暑。1983年以前，嘉兴与湖州同为一个地区，祖父早年到那工作认下了亲戚。

山静日长，是如今的终极追求，当时只觉无聊透顶。蝉噪林逾静，蝉是真噪呀！捉知了活动应运而生。我是城市动物，与山中儿童们的娱乐格格不入，唯捉知了很喜欢。跟着山里孩子拿上网兜，坐着"福根娘舅"的江铃牌摩托，一棵一棵行道树挨个捉，一个黄昏能捉一大袋。

回来后，大人小孩一起开始料理知了。以下内容高能预警：掐头、去腹、拔掉足与翅，只取胸部一小段，也就指甲盖大小。如此一大袋知了，也不过一盘。油热，入灶头铁锅煸炒，放少许酱油、糖即可出锅，每一颗将外壳翻开，里面两小块胸肌肉，紧实又美味。雄性知了无休止的鸣叫源于胸腔内壁肌肉收缩，振动鼓膜发声，加之镜膜的协助和共鸣室的反响，声音就分外响亮。可见这两块肌肉虽细小，堪比蟹脚中的"神仙肉"，是山中解馋的佳品，可谓"小快朵颐"。

暑假在蝉鸣声中过去了，吃了知了，应该讨个"一鸣惊人"的彩头，未曾想小升初也不容易，全班独我一人后知后觉，没有提前去上预备班，输在起跑线上，自此渐成学渣。

王老师家饺子

袁枚《随园食单》常写蒋侍郎家海参、吴道士家鱼翅、杨中丞家……我也显摆一下，谈谈王旭烽老师家的饺子。

有一年，一个"作家私房菜"专题片请王老师做一期。考虑到她是茅盾文学奖《茶人三部曲》（现为四部曲）的作者，策划拍了个"茶泡饭"。拍摄效果很好，安静、从容。但我最清楚，王老师的绝活是饺子。

从茶文化学院初创开始，每年我总要与其他学生到王老师家包几回饺子。一进门，她必在电脑前赶稿，必说："你们自己动手，我把手上这点写完。"

三地轮换住的她经常忙得不食人间烟火，冰箱里总有一堆过期食品。我们清理时从中拣选出好食材，比如土猪肉、火腿、陈年老龙井。大家倒面粉、洗菜、切葱，我一般只负责聊天，活跃气氛。

折腾到饭点，还是一塌糊涂。于是王老师扔下电脑，撸起袖子，使出"三头六臂"的绝活，冲进厨房洗脸盆、揉面，三下五除二搞定。醒面时教我们切猪肉，先切成小块，然后男生可以甩开膀子剁碎，但要把特别肥的留下。白菜、猪肉、葱、调料拌匀，王老师拿手指一戳一尝，再把肥肉熬上一锅热猪油，刺啦一声倒进肉馅，又将猪油渣切碎拌入馅中，这一步至关重要，是饺子格外香的秘诀。接着她又带大家搓面、切块、擀皮、包馅、地北天南叙古今，一样不落下。

王老师生于嘉兴平湖，长于富春江边，成就于西子湖畔，作为江南文化的代表性作家，为啥这么在行包饺子呢？不仅是包，她教我煮饺子更关键，并一脸严肃地拿出一个小锅。一次最多下十个，不得嫌烦。这种小锅煮出的饺子特别香，饭量小者如我也能连吞三十个。吃饱后一人一碗饺子汤，喝得吸溜吸溜。王老师得意洋洋："哪天我山穷水尽了，就凭包饺子的手艺也不会饿死，你们怎么办呢？"我嘿嘿笑，众皆笑。

眨眼一十五年，多少沧海桑田，学生走了十届，同道渐行渐远，饺子吃了无数，往事并不如烟（一不小心写出了老树体）。不知为何每次想念王老师家饺子，总跳出《红楼梦》第四十回的回目：史太君两宴大观园，金鸳鸯三宣牙牌令。

四十回是个大关节。

炒龙头

老黑好吃，在苏北当兵时混成了通讯员，首长吃啥他先来一口。1982年退伍回老家，从南京火车站坐绿皮车整整十个小时到杭州城站火车站。大喜，终于到了人间天堂，一摸口袋，有300多元退伍发放的巨款，肚皮大叫，食指大动。走进城站边最大的国营饭店，打开菜单，都是天价菜。老黑决心点一个没尝过的，看到一道"炒龙头"，眼睛放光，菜价12块，当年普通工人一个月工资25块，怎么样，点！

等菜上桌一看，妈呀，原来是一盘红烧黄鳝头，哭笑不得。老黑不怯场，还是津津有味下了酒。

黄鳝剩下"龙头"，其"龙身"自然不是划鳝丝就是炒鳝段。端午节江南人家要吃"五黄"，其中就有黄鳝。鳝丝爆炒茭白丝，撒胡椒粉，入面成鳝丝干挑。鳝段又叫作"鳝筒"，上锅蒸透，再配大蒜头红烧，或是配火腿片清炖。

想想当年那盘黄鳝头，虽是宰客，但个个肥大，尽是野生，也不吃什么避孕药。如今走遍杭州城，杭帮菜中恐怕再无此例。

炒二冬

为了采访临安昌北鸡血石矿山海拔1250米的一个"高冷"警务室，我在上面过了个生日。这里最低气温零下18摄氏度，水电都成问题，食物常年靠骡子驮上来。艰苦、寂寞的巡警，在山上练就了一手好厨艺。

队长老高1991年退伍，一直干协警，浙皖交界故事多，他守山有点"镇关西"的意思。我走了一段他们每天巡逻的路，很多陡坡若一脚打滑，人就下去了。老高给我炖了个鸡蛋，柴火灶煮了一大锅夹生米饭，米汤提前舀出，代酒，两个炖锅都放了冬腌菜，再来一个炒二冬。味道真叫一个咸，但走完山路回来，吃着就是好吃。

炒二冬是地道杭帮菜，也叫炒雪冬。"雪冬"是雪菜炒冬笋，"二冬"是冬菜炒冬笋，都取其咸鲜。但平原不出冬笋，与产地的不能比。杭州的炒二冬，论食材还得往西走，一路到临安、昌化，至昌北的山村古镇，正宗了。

临安人家家户户制作冬腌菜，选的是"长梗菜"，叶少梗长，口感格外爽脆。腌菜要用脚踩，大石头压上。菜腌成了，山里人可以抵抗整

炒二冬

王辉 绘

个严冬。

徽杭古道上有名的马啸黄牛肉煮成锅仔时就要配上这种冬腌菜。还有山里的草猪肉，杀年猪时才吃得到，那是天天用南瓜叶、番薯藤喂出来的猪，如今已不可得，肉质紧实喷香，与冬腌菜烧一锅也是绝配。炒二冬更是下饭佐酒必备，在天目山区，冬笋是易得的食材，山民尤其懂得选笋、挖笋。唯一不同的是口味，嘉兴人炒雪冬一定放糖，杭州人就不一定放，临安人则要多加点盐，昌化人就再加盐加辣，到了昌北那就加倍地放盐和辣，等到了昌北的山顶……

所谓浙派文化以杭州为中心，在我看来杭派是一种"弱"的文化，围绕着杭州，越文化有硬邦邦的绍兴，吴文化有软绵绵的苏州，还有"洋泾浜"的海派，若论山地宗族耕读传家，背靠的就是厚实的徽派。

那么杭派文化的特点是什么呢？大约是"多元"，好在有西湖这口高级的"销金锅"，各色食材一锅烩，怎么烧都是美味。天目山垂两乳长，龙飞凤舞到钱塘。从安徽翻山而来，一条古道进入浙江，临安的天目山脉俯控钱塘，炒二冬的口味浓淡，是徽派文化对杭派文化辐射的回溯。

小龙虾

　　小龙虾是一种传奇食物，在中国已经横行夜排档至少二十年了。二十世纪九十年代初期，全国吃小龙虾的数量大概是6700吨。那时候我也在吃，作为平民美食，它很廉价，家里隔三差五会买，挑食的我还就喜欢这口。祖母却说这东西不能经常吃，不干净，是当年日本鬼子留下的。2016年，中国人消费小龙虾的数量达到了87万吨。如今，小龙虾的价格更是从原先几毛钱一只，到现在有三十元一只的。

　　小龙虾是美食界的草莽英雄，辗转多国，遭人鄙夷、诟病，起于青萍之末，而能雄霸数亿人的餐桌。这段历程，香港学者张展鸿先生有过深入研究。由于我的饮食短文最近越写越长，怕读者有微词，尽力概括。

　　小龙虾的老家不是江苏盱眙，更非日本，而是美国。小龙虾生命力顽强，美洲原住民将之作为图腾雕刻在生活用品上。但美国人基本不吃小龙虾，二十世纪六十年代，美国南部还有人会吃，现在那里还有小龙虾汤、炸小龙虾以及小龙虾汁盖浇饭；早期加拿大移民很穷，也吃这玩意；黑人则会把廉价的火鸡脖子跟小龙虾煮一锅，听着像是蛮好吃的样子。

日本人较早对小龙虾发生兴趣，但他们不吃，拿来养牛蛙。侵华时期，他们将小龙虾留在了江苏，但"歼灭水稻""清理腐尸"都是谣传。日本人至今也基本不吃小龙虾，天妇罗、刺身里都没有小龙虾的身影，我的吃货朋友潇潇在日本就苦于买不到小龙虾。但非常奇怪的是，1916年日本大正天皇的晚宴上出现了一道小龙虾浓汤。一碗汤里只有一只小龙虾，泡温泉一样优雅地趴着。

俱往矣，数风流龙虾还看盱眙。盱眙的龙虾养殖户个个都认为，他们这儿就是小龙虾的故乡。从盱眙开始，小龙虾与中国人开始热恋。

小龙虾到底脏不脏？张教授的观点之一是，脏不脏不是它自己的问题，是人类生态环境与农田保护的问题。

多年前我到南京讲课，一位老兄带我去吃小龙虾，不同凡响，由此可知，江苏人还是最懂小龙虾。有一回在杭州西溪湿地的"所见酒店"吃到了冰镇的新鲜货，个头巨大，白灼，肉质远胜大龙虾。在上海寿宁路小龙虾一条街，曾跟当代艺术家李昕大姐吃小龙虾，她是高手，剥壳奇快，干脆她剥我吃。上海心乐面馆的小龙虾面也值得品尝，70多元一碗。

小龙虾的畅销也许还因为中国人喜欢吃比较麻烦的食物，比如鸭

小快朵颐

小龙虾

王辉 绘

脖、鸡爪、大闸蟹，可以几小时不停地吃下去，延长饮食与交谈的乐趣。这个道理是若干年前与研究饮食文化的关剑平教授在临安平山村吃铁板小龙虾时的酒话。

　　但是再麻烦也阻挡不了刷肥皂剧的女人们，追剧时，点十几二十斤小龙虾当零嘴，不在话下。

蚬子、蚌壳、贝

"蚬子蚌壳，一碰就哭。"这是我小时常听的一句童谣，吴语押韵。可见江南水乡多的是这两种贝类。

蚬子小，直接买已剥出的蚬肉，多是炒韭芽。这个菜小时候特别爱吃，后来怎么再没有了呢？

蚌壳大，看京戏《八仙过海》的时候大呼："蚌壳精来哩！"

蚬子、蚌壳作为食物，一般都叫作"水菜"。水菜坚韧如同橡皮，不易消化，因而价廉，即便如此也是难得吃吃。我老爹水性极佳，五十多岁时还能凌晨四点潜到南湖底摸水菜，两个钟头能摸五十多斤。洗净、切碎，与鸡同炖，很耐吃。

以上是淡水贝类，乏善可陈，逐渐地海鲜席卷而来，文蛤、花蛤、血蛤、海瓜子、扇贝、生蚝、鲍鱼、象鼻蚌……每样都喜欢，还有将贝类叫作"西施舌"的，食色性也。特别爱蛏子，其中竹蛏尤其肥嫩，我在宁德还尝过一种只产自霞浦的剑蛏，更加滑嫩。江南人爱吃宁波产的醉泥螺，那个东西过泡饭是"打巴掌也不肯放的"美味。

2009年，我与胖子、老陈哥儿仨在杭州黄龙体育馆看"纵贯线"演唱会，那时候罗大佑还没决定当爹，李宗盛还没决定晚婚，我们还能喊个不停。散场后转入边上的黄龙夜排档，一望无际的圆台面，比演唱会还壮观，连吃三盘葱油海瓜子，此生难忘。两年后看"滚石"30周年演唱会，黄龙夜排档已消失，最后在附近一条巷子里找到一家专烤扇贝与鲍鱼的店，论打买，一打12个，装一个不锈钢盘，加蒜蓉或葱油烤。胖子大肚能容，点了三打扇贝、三打鲍鱼，大呼过瘾。凌晨2点，发现他在酒店床上做仰卧起坐。

"精神错乱了？"

"我消化消化！"胖子说。

当然贝类闯的祸还有比这大的，美味有时也会带来灾难。1988年上海人大吃毛蚶，甲肝爆发，酿成大疫。毛蚶的确好吃，滚水一烫，食之又鲜又肥。都说不煮熟会出问题，然而烹煮贝类本来就很微妙，生熟之间差不得分毫，彻底煮熟那不是又吃"水菜"了？

蔡澜写他最中意的下酒菜：拿一瓦片刷干净，下面烤火，放一个蚶子在上面，"呱"一声打开，就白兰地、清酒、老酒都好，如此边聊边吃到天明。

"吃生蚝可以壮阳"成为烤生蚝在夜市迅速蹿红的最佳广告词。生蚝即牡蛎，法国产的最好，挤几滴柠檬汁，生食配香槟。记得英国的

小馋朵颐

蚬子、蚌壳与海贝

王辉 绘

"憨豆先生"有个电影，有揶揄法国戛纳生食牡蛎的桥段。香港人很早就爱食蚝，更会做蚝油。我在日本时遇到香港中文大学的张展鸿先生，他专门谈了一次香港流浮山的生蚝养殖文化。其实江浙沿海的人也喜欢生食牡蛎，蘸点米醋。烤生蚝不能过熟，在日本街头集市过周末，街上常常有售卖生蚝的，烤得特别嫩，打一杯啤酒吃一个，很惬意的。

与浙江省博物馆蔡老乃武吃饭，他也偏爱贝类，指着桌上堆积如山的贝壳说："这就是贝丘遗址。"到底是老考古出身。

去年5月，余姚发现距今8000多年的井头山文化遗址。考古队长陪我进考古现场参观，那里有目前江浙沪最大的贝丘遗址，贝壳化石堆成一座座山包。还出土了完整的木碗与木桨，最令我惊讶的是出土的席子，编织得与当代一模一样。远古时期，海鲜，尤其是贝类最易获得，是我们先民的主食之一，并为我们的祖先提供了优质蛋白、智商与货币。

难怪，我们看到"宝贝"还是欲罢不能。

酒酿蒸鲥鱼

张爱玲说过：一恨鲥鱼多刺，二恨海棠无香，三恨《红楼梦》未完。这话实为雪芹遗憾，前"二恨"不过是借古话发兴，却也可见鲥鱼的美味是颇有些地位的，为旧式文人所重。

宁波月湖边有一家民国建筑的五钻级餐厅，氛围及菜品俱佳。外面看看也没啥花头，走进去，是有些三四十年代涌上的派头。"五口通商"的时代，宁波与上海同期开埠，而"宁波帮"又成为上海滩甚至老香港的弄潮儿。据说世界七大船王之首的包玉刚回宁波老家，就想吃一只"臭冬瓜"。如今大饭店里也有了臭冬瓜，不过做了改良，根本不臭，相当于咸冬瓜，作为冷盘倒是个好菜。

张生兄极客气，点了一台面的宁波菜，当中一条半臂长的酒酿蒸鲥鱼，正是这家五钻餐厅的看家菜。他说以前宁波大户人家嫁女儿，要考对方家里做一条鲥鱼来尝，家世门第，看这条鱼的水准即了然。

吃鲥鱼，配白酒，取一坛陈了二十多年的金门高粱更妙，斤半已经挥发成了一斤。

　　蒸鲥鱼除了酒酿还要用上好的绍酒及火腿片，不去鳞。很多人以为鲥鱼鳞补钙，嚼着咽下去，吃多了不免有些辛苦。其实带鳞蒸，是为了保存鱼鳞下的一层油脂，慢慢融入鱼肉。好的厨师在鲥鱼未蒸之前就能将鱼鳞与鱼整片分离，再盖上同蒸。鱼鳞吮吸滋味即可，如果一定要吃，另有一法。将剩余的鲥鱼鳞片及鱼骨，低温油炸。油微微冒烟，小火炸，捞出后当零嘴一定高级。

　　由此想来，鲥鱼多刺也算不得"恨"了。近年，白先勇先生穷毕生红学之功，想说明，百二十回《红楼梦》是曹雪芹一个人写完了的。我听完觉得也有道理，果真如此，张爱玲的恨都消没了。

　　鲥鱼吃净，鱼鳞吮遍，高粱见底，渐不知所往。

牛羊肉豆浆

乍暖还寒时候，少不了三杯两盏淡酒。今年盛夏迟迟不去，忽而一场秋雨，万物萧瑟，凛冬将至。这种时候就馋一口热气腾腾的豆浆。

记得中学时代，同学们流行到勤俭路吃台湾品牌"永和豆浆"，豆浆里一股香精味，油条硬得来"狗都笃得死"，关键是贵，比之早饭摊上同类产品价十倍不止，主要是吃个面子。后来全国人民奔小康，此等连锁餐饮不过车站、机场垫肚而已。各种居家豆浆机也层出不穷，但豆浆嘛终究纯、甜、咸三种。

直到我听说宁波余姚朗霞镇有牛肉豆浆与羊肉豆浆，令一些老饕欲罢不能！

从宁波市里开车要一个半小时以上可寻到朗霞镇，找到一破旧小店，招牌喷绘"林家铺子·干大林豆浆，地址：朗霞街道中街21号"。门口有一个上小下大的老木甑，上有木盖，底下是土灶。老板干大林，金项链一指来粗，正从木甑中源源不断舀出香浓滚烫的豆浆来。

朗霞豆浆成"非遗"是源于徐国香，他17岁承父业做豆浆一直做到

71岁，做出来的豆浆，打一碗，像刚蒸出来的鸡蛋羹。老徐在世时收过26个徒弟，因此朗霞豆浆遍及宁绍地区，有的甚至开到了广东东莞。他的大弟子就是眼前这位干大林，坐镇老巢朗霞老街，豆浆做了四十年。

朗霞豆浆好在豆、水、火、料四件。黄豆一定要用生长期长、颗粒饱满、出浆率高的"花沟毛豆"；水一定要干净，挑水起大早，晨水最净，不能用太阳晒热的水，最好用天落水；烧火要用白柴（硬木桦），火头稳，不能让豆浆外溢，豆浆是边烧边卖，不烧滚不好吃，烧过头也不好吃；配料是特制的，酱油中要加入一定比例的米醋、小葱、胡椒粉，再有就是牛肉与羊肉。干大林还告诉我，"祖师爷"徐国香规定，一斤黄豆出20碗豆浆，多一碗都不行。

常人不能想象，豆浆里加牛羊肉岂非"黑暗料理"？但干大林的牛羊肉豆浆却妙不可言。原来牛羊肉切成碎丁，精肉与肉冻混合，滚烫豆浆一冲下去，肉冻立时化开，植物蛋白与动物蛋白合二为一，肉香与豆香俱烈。

纯豆浆3元一碗，牛肉的8元，羊肉的10元。一碗暖烘烘肉豆浆下肚，走出去看小乡镇上熙来攘往，都觉好。

旁边地摊在卖老鼠蟑螂蚂蚁药，喇叭里一个沉稳的声音反复说："用了这个药，老鼠死得快，老鼠死光光，老鼠当场死，一分零六秒，120都救不了……"

小镇的一天开始了。

咸炝蟹

与余姚计文渊先生约饭，小饭店坐下来，先上一盘红膏咸炝蟹。

咸炝蟹迷人，下酒、下饭、下粥，好比余姚王阳明立德、立功、立言三不朽。老计的相貌，古道西风瘦马，一辈子研究王阳明的书法。他身子虚弱，爱酒却不能多饮，从包里掏出一瓶六年陈的酱香，是朋友从茅台镇定制的一批纪念王阳明龙场悟道多少多少周年的纪念酒。

白酒与咸炝蟹很般配，红膏尤其腴美，咸滋滋，口感绵密丝滑，蟹脚里的肉嗍出来，空壳还能咂摸半天滋味。当年老计一个人时，一只蟹脚够下半斤酒。现在身体弱，夫人不许多饮。他说为了请我，前晚冒险偷偷试酒，用茶器做掩护。

我们从虞世南一路聊到明末流亡日本的黄檗高僧独立老人，尽兴，并且总算不用在饭桌上聊国际政治。老计又说到儿子，在美国留学多年，因疫情至今未回。我说："你们一定操碎了心！"老计笑笑，一点不担心，因为他儿子会做咸炝蟹。

打越洋电话来问配方，一斤水、一斤盐，二十四小时，试制成功，

咸炝蟹

王辉 绘

还拎了两只送给一起留学的同乡小阿妹。在美国而能做出几只老家的咸炝蟹，什么国际风云，的确不用咸吃萝卜淡操心。美国螃蟹也一样，盐水一浸，死蟹一只。为此，浮一大白。不过不能再饮，计夫人驾到，在一旁虎视许久了。

金华火腿

火腿肉从小吃，特别是清蒸甲鱼中放火腿片，我吃去火腿，留下甲鱼。火腿和干贝做底子熬汤，汤是鲜，火腿成渣，替它哀婉。鱼翅、海参若无上等金华火腿煨出，平庸无味。因此，料理火腿的一流大厨多在上海、广州和香港，如今许是逐资本而居。

火腿分新腿与老腿，如同新茶与老茶各有千秋。每一种名物的水都很深，全中国的人都在喝西湖龙井，但我保证你喝不到"本山"。金华火腿也一样，真正用古法做的，几十万只腿中不过千把只，而这千把只里又不是个个相同。行家用竹楔子扎进火腿，拔出闻香，看是平签还是香签，香又是如何的香法？从而判断发酵的微妙变化。最一流的金华火腿，一腿难求。富贵人家若得这一腿，视若珍宝，鲍参翅肚随你吃，切几片火腿可要谨慎下刀。

水通南国三千里，气压江城十四州。在金华城中央，李清照登临赋诗过的八咏楼下找了一个酒家，与老徐一人一碗十年陈金华府酒，那也是一种黄酒的佳酿。点了一盘蜜枣蒸火腿（金华十大名菜之一）、一盘

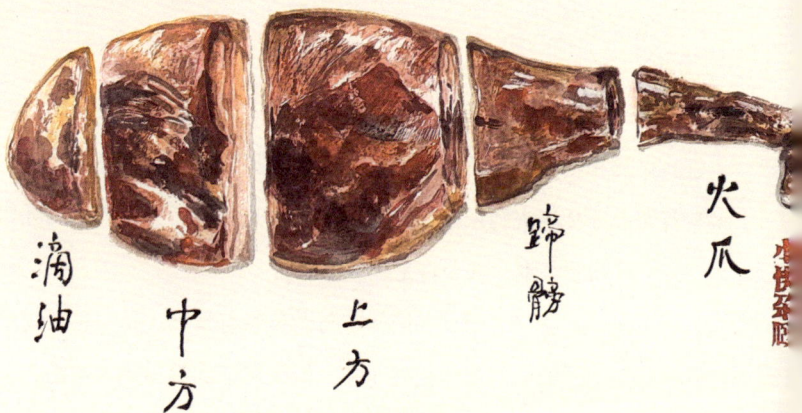

金华火腿

王辉 绘

火腿<u>丝炒干丝</u>，畅叙古今人生。喝至微醺，老徐说饭店里的火腿只能糊糊口，下午拖着我进山访友。

其老友租了山民的瓦房，躲进去再不想下山，房前屋后种蔬菜，门口自制一个大木笼子蒙上纱网，里面挂着十几条自制的好火腿。我的要求是不拿火腿当辅料，专门吃一次，蒸！行家的做法是取出整块火方囫囵蒸熟，再切片而食，不放任何佐料，咸鲜、奇香。配些山泉酿的陈年高粱烧，甘冽而冷，杯壁起雾。

火腿的主人是金华婺剧团当年的二胡名家，酒过三巡说些旧事，父亲是陈诚的机要秘书，解放前夕奉上峰之命赴台，不从，说父母在不远游。这倒让我想起来，梁实秋后来在台湾也写过金华火腿，想老家的味道。二胡名家拉了一小段"二泉"，戛然而止，摇摇头，接着饮酒。他说只有在状态好的时候，穿着睡衣独自走进山林，一曲《江河水》，悲怆到觉得亲人就死在他身边。

艺术与人生，都要陈年的才有滋有味，只是表面看去像金华火腿，乌黑发霉。

蜜汁火方

火腿总是辅料，能不能登堂入室做回主呢？

首先是生食。如今国内西班牙火腿已很流行，火腿师现切，薄如纸片，刀功如公孙大娘舞剑器，直接送入食客口中，再来一口香槟。

有一年我随杭州市文化界代表团去意大利，抵达威尼斯已是深夜，车上的地陪嘱咐，酒店房间内为我们准备了一盘上等的火腿肉，我很期待。与我分在一个房间的是浙大的刘翔教授，后来才知他是"北回归线"诗派的创派诗人、文艺评论家，当时彼此不认识，只见他以瓶底厚的眼镜片作各种冷眼旁观。我眼馋那盘保鲜膜封好的火腿肉，刚想说"咱们尝尝"。老刘突然来了一句："三更半夜的给了盘冷的生肉，喂狗的！"我只好吞下口水，洗洗睡了。

中国生食火腿有名者是云腿中的诺邓，金华火腿不生食，但现在似乎也有一种，只是感觉生度不够。金华火腿要做当家料，那必得数杭帮菜里的"蜜汁火方"。

我咨询了鉴赏大家蔡老乃武："杭城除了楼外楼哪里的蜜汁火方做

得好？"其实，潜台词就想去楼外楼尝尝。蔡老在省博物馆上了几十年班，靠着孤山对着西湖，每天中午吃楼外楼做的盒饭已是味觉疲劳。答曰："或许还有天香楼，不过老夫总要联想到《红楼梦》原本有'秦可卿淫丧天香楼'的回目，从不去那。"几日后，蔡老果然约我到楼外楼吃蜜汁火方，大概他近水楼台，与酒店打了招呼？

上桌的火方并非一个大菜，而是已经分切成小块浇汁端上，咸甜交融，我们都称赞蜜汁调得好。

高贵的食材，高贵的吃法，也不见得过瘾。其实最令我难忘的火腿，是当年自己乱煮的。大学刚毕业那年，我们三个男生临时在学校对面合租了一套房子。说好晚饭三个人搭伙一起吃，男生的懒惰常常酿成饥荒，最后三个和尚没水喝。晚上饿极了，到厨房觅食，一无所有，只剩下一块硬邦邦的火腿块。于是三人合力，将之先煮后蒸，囫囵弄熟，连砍带剁卸成几块，分而食之。那真是人生至咸的一味，虽咸，却极香、极鲜，口感上不但有瘦肉一丝一丝的精致，每一丝之间在咀嚼时又渗出肥美的油脂。一边咸得咋舌吸气，一边馋得欲罢不能。

陆文夫在《美食家》中写一桌子菜，百味杂陈，哪一味是核心呢？正是这咸味，非咸不能把一切味觉调动起来。周作人说最难吃的是盐，最好吃的也是盐。此言不虚。咸则咸，尝出的是青春年少的极致滋味。如今写到此，舌尖上还渗出咸津津的口水来。

磐安药膳

　　关于茶的起源，学者们基本达成"药食同源"的共识。也就是说茶叶最早被人类拿来吃，既是一种菜也是一味药。以此类推，不少中药材也是药食难分，比如薏米、桃胶、茯苓、百合，作为食粮也未尝不可。至于"九蒸九晒"的黄精，自古就被道士拿来当饭吃，据说可以轻身换骨。

　　浙江出"浙八味"，白术、白芍、浙贝母、杭白菊、延胡索、玄参、筧麦冬、温郁金。其中杭白菊出嘉兴桐乡，而白术、芍药、贝母、玄参四味主产于中药材重镇磐安，再加上一味元胡，称为"磐五味"。八味也好，五味也好，药性都偏温和，没有虎狼之药，因此多数可以入菜而成药膳。

　　大盘山脉连九州，山中之民想必世代就有"药食同源"的风俗。我尝到的有元胡煮鸡蛋，就是把"茶叶蛋"中的茶叶换成中药材元胡；莲子百合泥，作为小甜点口感远胜西式甜点。我在磐安中药材博览会上录下首批"浙江十大药膳"名单：

磐安——"茯苓猪肚汤""羊蹄甲鱼冻""黄精元蹄"

杭州——"乾隆太极饭""江南鱼米之香"

淳安——"淳味十全暖锅"

江山——"乌鸡煲"

乐清——"瓯越跳鱼干"

温州——"皇家猪蹄煲"

桐乡——"子恺乡恋"（杭白菊入大闸蟹，具体制法

不详）

今年第二届又比出十道，前三都是磐安的。"当筋归来"以牛筋、鸽子、当归、黄芪、生姜、姬松茸、黄酒同炖，体虚的人吃，听着就补。李时珍记，当归调血，对女人要紧，调血为了生孩子，男人不归的话，再调也没用，故名"当归"，有思夫之意。"茯苓馒头"老少咸宜，据说是御厨为了给微恙的慈禧太后吊胃口，灵感来源金代张从正《儒门事亲》中记载用山药、茯苓和面做包子之法。"石斛猪肚鸡"是当地一道老菜，夏秋农忙"双抢"，条件好的人家要炖猪肚鸡给男主人补补。晚上入柴锅，炖到次日中午吃，汤汁下面。如今条件好，佐以铁皮石斛、蛹虫草、莲子、桂圆。这等药膳，再来点当地的金樱子土烧，"太虚真人"补成"混元无极"也。

有些药膳我十四年前就在磐安尝到，那是第一次做田野调查。依稀还记得在玉山镇政府食堂吃老阿姨烧出来的白切山羊肉，同行的老李连干三大块不眨眼。当地陪同我们的文史专家厉仲云先生眯眼微笑，一脸祥和，殷勤劝菜。如今他竟已匆匆谢世多年了。

带鱼饭

八月初是嗜海鲜一族的狂欢节，禁渔期解禁！

前些年七月在舟山阿芳的家宴上尝了海钓来的鲷鱼，记起曾在日本千叶市国立民俗博物馆看职业海钓的视频，壮观无比，下钩此起彼伏，数秒一条大鱼直接甩进背后船舱。另有一盘"梅仔"是渔民打擦边球捕的，烧法是，葱、姜、酱油，慢烤，调味汁悉数收入鱼肉，连同鱼本身的水分也收干。这种烧法其实不该放在一大桌菜中，单这一味下饭就好。

舟山的夜排档人潮汹涌，啤酒滔滔。对面海中远远亮光，是普陀山巨大的观音菩萨像，吃前一拜，保佑大家不痛风。一大桌海鲜，最当中还得有条大鱼，这是中国人的传统。人类崇拜大鱼，《老人与海》里的老渔夫就是跟一条超大马林鱼较劲。崇拜归崇拜，吃归吃。

香港人、广东人中意的是"东星斑"。有一年世海兄请我在珠海一座广式古宅里吃饭。原本以为珠海没什么历史，这座宅子却雕梁画栋，气派非凡。宅主人是晚清华侨"商界王子"陈芳，24岁到檀香山经营蔗糖业，成为赴美华侨中第一位百万富翁。在这种地方吃"东星斑"很合适。

江浙人作兴吃大黄鱼。我在宁波月湖边的石浦大酒店与陈宗懋院士一起尝过一条东海野生大黄鱼，雪菜烧，鱼头好吃。老院士祖籍海盐，生在上海，生活在杭州，很好这一口。

到底舟山人吃鱼是本事，阿芳妈说其实以前舟山市民也不吃什么稀奇古怪的海鲜。万佛朝宗，还是带鱼。带鱼量大肉多，吃起来便利，小孩一学就会，汤汁拌饭也甚有滋味。舟山有民谣：

> 春夏汛里坷洋生，花色有捕也有张。
> 黄鱼鲳鱼养儿郎，乌贼鳓鱼敬爹娘。
> 秋汛修船放流钓，新鲜杂鱼斩鱼羹。
> 冬季大风夹雪飘，旺风带鱼铮骨亮。
> 重网一网接一网，妻儿唔没功夫想。

我想说的"带鱼饭"不是带鱼捞饭，而是对于渔民来说，带鱼像是他们赖以为生、最大宗的"饭"。在计划经济时代，浙江内陆地区，都得凭票供应舟山带鱼。没有冷链顺丰直达、京东到家，当年能吃到的唯一海鲜就是带鱼，而且全靠盐巴保鲜。带鱼有点像茶马古道上运输的

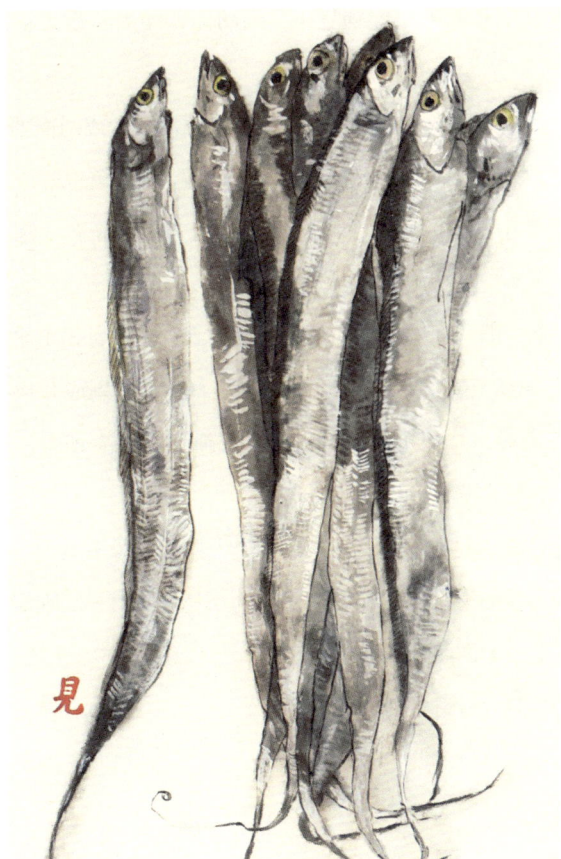

带鱼

王辉 绘

"黑茶"，不仅具有某种"实物货币"的功能，还因长途运输改变了风味。

江南吃法多是"薄腌"一下，放葱、姜、酒清蒸，或两面油煎后红烧，更创出经典菜"萝卜丝烧带鱼"。宁波的醋溜带鱼也好吃，加白菜、勾芡。还有用红曲酒糟蒸带鱼，要求带鱼宽大、新鲜。那是离海近了。

越近越好吃，温州朋友告诉我，小时候跟大人出海，捞上来的带鱼活蹦乱跳，一条银光闪过，还没看仔细呢，大人直接剁成几块扔进锅里，不需任何佐料，连盐也不用，就放一瓢海水，一煮即食。这才叫"海鲜"！

三岛由纪夫最"健康审美"的一部小说大概就是《潮骚》，那种男性健美的辛劳善良的海洋之美，至今想起仍令我血脉偾张。吃海鲜的人不该是挺着一个个啤酒肚的饫甘餍肥者。

鱼儿好吃，向大海讨生活却不易。

羊蝎子

九百多年前，苏东坡发明了一种羊蝎子的吃法，堪称美食界的大事件。他被贬广东惠州，何以解忧？唯有吃喝。当地蛮荒，逛逛菜市场没啥可买，一天只杀一只羊，人多肉少，没点特权根本吃不到。东坡不敢与地头蛇争，暗中却渐渐摸到了门道，看准了没人要的羊脊骨，私下嘱咐屠夫给他留着。他把羊脊骨拿回去，大锅煮起来，熬出的汤自然好喝，关键是趁热把骨缝间的那点细肉慢慢挑出来，在酒中一渍，捞出后薄盐一点，烤得微焦，然后细细品尝。折腾上一整天，不求一饱，能咂吧咂吧滋味，堪比螃蟹大钳里的肉。隔几天吃上这么一回，日子总能苦中作乐。

这羊脊骨形似蝎子，俗称"羊蝎子"。这俗称也真俗得可以，多少年来朋友们约我去吃风靡全国的羊蝎子，我都婉拒了。每次坐车路过以吃羊肉闻名的杭州仓前，老远就看见一个巨大的羊头，俗不可吃。直到有一回接待蒙古族朋友，在江南吃了一顿羊蝎子锅，汤中下了不少胡椒，配一点粉丝、白菜，又两个葱油饼，吃得头也不抬，真是相见恨晚！

羊蝎子是北地吃食，北京人叫"羊大梁"，满蒙人爱吃。饭店老板是福建人，早已是各种加盟连锁。我手抓一块啃骨吸髓，觉得自己像个胡人。早在北魏不就五胡乱华了吗？如今的饮食再乱一遍。

唯有东坡可以将雅俗的界限消弭于美味，但他也指出一个问题：骨头剔得太干净，狗很生气。

烧小杂鱼

你一定要相信，在这个被商业洗礼千百遍的社会里，好东西还是有。

我到婺源开会，入住宝婺度假酒店，走五分钟到婺源博物馆，反着走五分钟到古玩砚台一条街。哪还有什么真东西？一家店墙角靠着三块石头，居然是明代宣德时期宫廷画家戴进的墓志盖与墓志铭，却是真家伙。这位钱塘大画家原来祖籍徽州。

往回走五分钟还有更好的东西——一家小饭店，名字就叫"乡下菜"。开三天会，顿顿自助餐，要找到这种一县之地也绝无仅有的小饭店，除了够馋，只能碰运气。

经营"乡下菜"的是一家人，老太太掌勺，老头子配菜加跑堂，大女儿掌柜，大女婿传菜，小女儿补缺，小孙子做作业。

婺源各村产米酒，甘甜醇美，后劲大。"乡下菜"也不例外，老头子自己大厅酿酒，打了热给我吃。酿酒，就有酒糟，所以看家菜是糟猪头肉、糟兔肉、辣味令人却步。我尝了清炒树菇、炒冬笋，食材皆由乡村供给，有什么卖什么，不到农贸集市采购。烹饪除盐与辣手重，能体现食材本味。烧杂鱼尤美！使我这个不爱吃淡水鱼的人叫绝。所谓杂鱼，都是个体小巧的溪坑鱼类，小石斑、小白斑、鼓着鳃子的老虎鱼、长条尖嘴的沙鳅，还有汪刺鱼（当地人叫"黄丫叫"，我家乡土话叫"昂钉头"），这么一锅，油里爆香，少许酱油，撒上蒜叶，一煮，出锅，上桌，连头带尾趁热吃。

　　米酒、小鱼，从嘴到胃，得意忘形，冲进厨房问老太太，开饭店烧菜几年了？三十年整，巧媳妇烧成老太婆。贵姓？姓戴。

酿秋宴

　　深秋时节最有得吃，也好吃。有得吃是因为丰收，粮食入仓，瓜果累累，食材也往往肥腴。

　　在深圳经营了几十年紫苑茶馆的陈兄素以讲品味闻名，粤地秋意不浓，但他还是拿出一桌"酿秋宴"请我品尝。身处粤南，食材却多取自江南，加上菜式精妙，值得记录。

　　到了先吃醋。莫德纳香脂醋我并不陌生，奇在它的喝法，如威士忌一样倒在杯中加冰块慢慢啜饮，此法略嫌奢侈，但味觉一下子被激活了。开胃小菜是腌制的小鲍鱼和螺片，脆而鲜。

　　正菜开幕，第一道较素雅，太湖红菱拌红丹桂花酱，若换成我老家新鲜的南湖菱一定还要出色。

　　第二道是广东靓汤，用十五年新会老陈皮炖秋梨和瘦肉。

　　第三道螃蟹出场了，蟹黄煨花胶。花胶这东西不论等级高下，吃来吃去都是炖汤，早已吃腻，这次用蟹黄配得耳目一新。

　　第四道莼菜葱油银鳕鱼，尽了一个"滑"字，可以满足我的莼鲈之思。

第五道是用十五年意大利那款香脂醋烤土猪肋排，是一道硬菜，吃得酣畅。

第六道是陈兄的家乡味，他是客家人，所以上了一只地道的客家咸鸡。

第七道压轴好戏，菜单上只有两个字"酿秋"，这就点了题。一层金黄的皮覆盖着软烂入味的糯米，撒上松子和海菜。色调深，口感绵糯，确是"酿秋"的意境。只是猜不出这层金黄的是什么皮？原来竟然是柚子皮。沥去苦味，留下柚子微微的清香。说来轻巧，你倒试试看？老陈揭秘，柚子皮先焯水，然后用清水不停地冲上半天，方能尽弃苦涩。

最后的甜品是红豆沙鸡头米。江南秋食中的"水八仙"，此宴出现了一半——菱、荸荠、莼菜、鸡头米。而蟹黄、秋梨、陈皮、桂花也是尽显秋味。硬菜又有鱼肉、猪肉、鸡肉扛着，不怕你胃口大。无酒不成席，先喝了托斯卡纳的白葡萄酒，继而是一瓶难得的亚美尼亚产白兰地。

席间，陈兄赠了我一本紫苑推动结集的书——《庄严的生活：物质生活与美学理想》，这桌"酿秋宴"可谓是这个书名的体现。

宴后，杯盏统统撤去，喝了会茶，大家总觉吃得够饱，但酒未酣，兴未尽。于是又把剩下的白兰地倒上，下酒菜便是打包盒里刚才吃剩的半只客家咸鸡。不曾想，我与陈兄越吃越勇，筷子也不必了，遑论刀叉，直接上手。他毫不犹豫把一块鸡屁股扔进嘴里，满嘴鸡油香。吃到十点多，咸鸡告罄，干邑见底。"庄严的生活"宣告结束。

深秋的农人都要参加"秋社"，那是一年辛苦后，丰收时节祭献神明的庄严。伏惟尚飨完毕，供物就该大家分享了，是敬神，更是劳人。

贴完这顿秋膘，凛冬将至。

鸡蛋灌饼

　　河南省面积最小的市是鹤壁，鹤壁面积最小的县叫淇县，淇县据说是商朝古都朝歌遗址。《封神》里纣王与妲己挖了比干的心，因此那里自古有摘心台，现在是个古遗址公园，附近有一条小西街，街口一对老夫妻、一辆三轮车，卖"鸡蛋灌饼"。

　　下午四点多，已被河南面食填充了三天的我被泽霖硬拖去吃"鸡蛋灌饼"。虽然我们杭嘉湖平原在南北宋之间来了大量中原移民（如岳飞的孙子岳珂一支就成了我的乡党），虽然浙江许多村里祖宗牌位上都归到"汝南郡"，虽然我属于很爱吃面的南方人，也暂时没了胃口。

　　做鸡蛋灌饼的老头戴着"回回帽"，一看就是穆斯林，果然那油乎乎、黑漆漆的三轮车上有招牌写着"清真"二字。老太太负责擀面，现做的面团擀成盘子大小的饼，扔到铁鏊子上。老头负责煎，多放油，等两面泛出金黄，把面饼中间割出口子，调好鸡蛋液混合大葱碎慢慢灌入。那蛋液里要撒上一种调了酱的黑盐。稍顷，鸡蛋液凝固就出鏊。老太太刷上一层豆瓣酱，卷上几片生菜叶，还可加入火腿肠或辣条。我只

鸡蛋灌饼

王辉 绘

吃原味。

泽霖告诉我附近还有一家"老味"胡辣汤，早上开门，配这个鸡蛋灌饼真"得劲"！我对胡辣汤的接受度不太高，但是这个鸡蛋灌饼，一口下去就没再停。

此物并非本地小吃。原来二十多年前青海玉树遭灾，那对夫妻的大儿子在老家夭折，他们带着年幼的小儿子背井离乡，先到郑州，后落定淇县。淇县的民风还是淳厚，外乡人的鸡蛋灌饼生意红火，摊位前总是排着队。小夫妻变成了老夫妻，他们的顾客从小学生吃成了"老总"们。就凭着鸡蛋灌饼的手艺，老夫妻在当地置下了房产，帮着独子成家立业。不幸，小儿子才三十出头，车祸死了……

鸡蛋灌饼还得继续。

四川火锅

朋友说，到成都第一顿必须是火锅，红红火火！直接把我从机场拉到火锅城。在店门口停车时，眼见边上车位一成都大姐倒车撞了三轮，与火锅店泊车大叔吵了起来。

我们上二楼入座点单，毛肚、鸭肠、黄喉，以及雪花"脸谱"啤酒。江南的我和北京的老胡均弱弱地要了鸳鸯锅，可上来的并非"太极图"，不辣的汤底仅占中间一个小圆圈，涮不了多久也难以"慎独"。刚点好单，那倒车大姐突然闯进大堂狂骂，泊车大叔不敌，躲了起来。她居然冲进厨房抢出一把大菜刀要剁自己手，大堂经理拼命抱住，场面火辣。

火锅我吃的多了，成都火锅的老汤果然不同，闻着香，食材真鲜，调料也没有这酱那酱，就是香油打底，香菜、葱蒜、花生碎及醋与蚝油自己加，再就是环境火辣。吃了一小时，我已辣到不行，麻辣感一旦布满舌苔则挥之不去，连空气也是麻辣的。正吃冰粉时，倒车大姐带着老公又冲杀进来，大呼"不出来道歉就要砸店"！

四川火锅

王辉 绘

　　四川火锅特别要尝的是"结子"，即一截肥肠打一个结，最好要涮二十分钟以上，口味之重更胜于上海滩的草头圈子。捞出来一口咬下去，辣烫肥香，热油滚出，真是把重口味推向顶峰。我虽喜，一个足矣，不似老胡能吃半打。正吃第二份"结子"时，泊车大叔服了软，竟与大姐的老公勾着肩递烟。此时，大姐气也消了，准备开吃，还要与大叔一起喝一杯。

　　这顿四川火锅不仅够味，还有"变脸"看。难怪人人都说：没有什么是一顿火锅解决不了的。

毛血旺

我最早吃比较"正宗"的川菜，还是在宁波大学后门的小馆子，小二十年前的菜谱记不得了，但有一道菜一定是点的，毛血旺。

工作压力渐大、节奏渐快，要有刺激的饮食来释放，川菜因此在中国各地迅速流行。不仅中国，日本人称其"四川料理"，与"广东料理"一起成为东瀛中华料理最大的两支，虽然红彤彤的，却并不辣，但也足够他们"卡拉伊、卡拉伊"地大喊。

我在各种大小饭店里点菜时也总想找点刺激，来一个辣的吧，毛血旺。比较像样的饭店上来的毛血旺里有牛肚、猪肚、鳝鱼片、大肠及猪肺，比较不像样的就放一堆午餐肉来搪塞。但不论像样不像样，黄豆芽垫底，主料总还有鸭血。有一年，新加坡留香茶道的掌门李自强先生来杭与我吃饭，我问他有什么忌口吗？他说"血"。我听成他"不吃血"，没想到他"就想吃点血"，什么血都行。在新加坡，法律规定是不让吃动物血的。我马上喊服务员，毛血旺！

成都的奢侈品与网红自拍世界"太古里"隔街有一家"马旺子川小

馆"，当时是说离百年老店只剩一年。排了几十桌的队，终于入座。吃完，连续几天都还感到辣，我点菜已万分慎重。宫爆虾球好吃，里面的茄子更妙，外脆里糯；乐山甜皮鸭与酱鸭无异，川人不辣的大概就算甜；白粥最美，用粳米、糯米、百合同煮，没有任何调味品，在麻辣故乡吃到清甜香糯的食物本味，好安逸！然而光吃这些总觉不对劲，点个这家店的看家菜，一查才知，毛血旺！

重庆人看到了不服气，他们说毛血旺起于解放前重庆沙坪坝磁器口王屠夫的老婆。"毛"是方言，马虎随意，血该是猪血。底层人的美食，我想那似是源于长江上游的纤夫，他们需要廉价的热量与美味。与今天的上班族一样，找点刺激，证明自己还活着。试想在极湿寒、极疲饿时吃上一锅毛血旺，下三大碗饭，再闷一口臭酒，咦——巴适！

乾坤一气鸭

深秋要滋补一下？网上查虫草炖老鸭做法：1.老鸭洗净，沸水汆后捞出，夹净细毛。2.虫草洗净，与鸭、葱、姜、料酒一起入锅。3.清水浸没鸭子，上笼蒸或小火煨两小时，至鸭肉酥。4.加盐调味。

如果你真这么炖，那就完了！

义合公道医"祝由术"第六代传人、道教正一派净明道第二十五代弟子石毛道兄在成都请我吃饭。他的名头着实有点长，解释起来要写论文。他是"道医"，又修"奇门遁甲"，"石毛"不是道号，是姓，复姓石毛。他年纪与我相当，戴棒球帽，穿T恤衫，垮垮地坐着，感觉很嘻哈，像个跳街舞的。

请我吃的一大桌红彤彤的辣菜也没印象了，记牢的倒是他在席间给我说的一道药膳"虫草老鸭煲"，那是曾祖父传他的。食材、火候不消说，要点是虫草不能散放，捆成一束，更不能与鸭子同煮太久，炖一会即捞出，关火后虫草再插入鸭肉中，布成太极图；鸭要拆骨，否则精华最后都入骨髓，吃不到；上桌先吃虫草，细细咀嚼，再喝汤吃肉。他曾

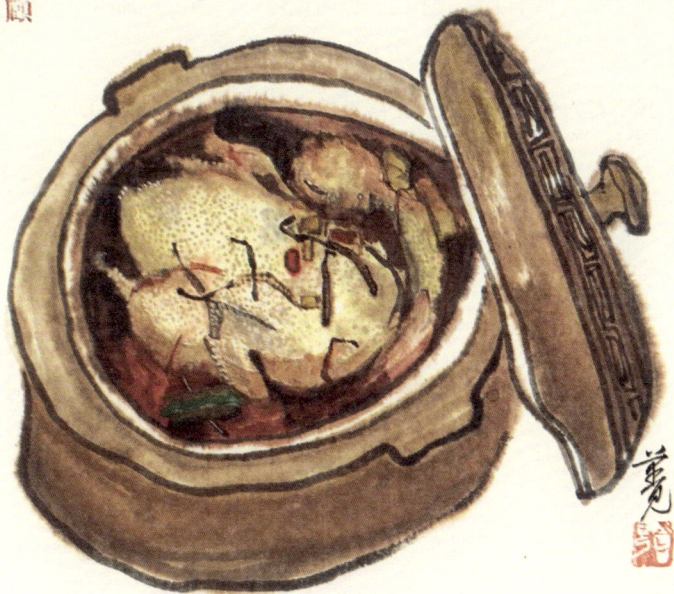

乾坤一气鸭

王辉 绘

祖父寿高九十多，晚年一切自理，衣着干净整齐，死前三日卧床睡眠，略醒，看看石毛，无疾而终，不麻烦任何人。

石毛兄吃得热了，棒球帽一摘，脑后挽着髻，插着簪。手臂上的乾坤圈叮当响，乾坤圈是法器第一，他这个是双环相扣。青羊宫太上老君手里那个常人用不了，一个圆，那叫乾坤一气圈，把孙悟空的金箍棒也吸去了。

我听得入迷，心说这个大补菜就叫它"乾坤一气鸭"！

辣子鸡

　　食堂往往有好东西吃。峨眉电影制片厂（现为峨眉电影集团）的项总请我在他们的食堂里吃了一顿。峨影厂曾经很辉煌，李雪健主演的《焦裕禄》，谢晋导演的杰出历史电影《鸦片战争》，让张国立、葛优成名的《顽主》都是峨影的菜。橱窗里，一墙的金鸡、百花都斑驳了，倒是食堂大院各包厢的墙上挂满光头老板与成龙等明星大腕的合影，显得热闹。据说来峨影拍戏的演员都忘不了这里的辣，还有不少明星半夜飞抵成都直冲老板家觅食。

　　我尝了这里看家护院的硬菜，蒜香鱼、跳水牛肉、鹅掌粉丝……印象最深的还是代表性辣菜——辣子鸡。这道菜，除了峨影食堂，更馋我的是浙江农林大学的西径食堂。以前每天中午，十一点半出发，宁可多走一刻钟去最远的食堂吃那里的辣子鸡。一端出来即被抢光。虽说大锅菜并不地道，鸡块没有油炸，连皮带骨切得很碎，用大量新鲜的朝天椒爆炒，我却更喜欢，连拿两碟，辣的嘴巴丝丝作响，中午不犯困。

　　"辣椒"二字如果拆开，"辣"是痛觉，"椒"是麻觉。鲁迅先生所批判的中国人的"麻木"，大概就是吃了一勺花椒粉后嘴唇的感觉。辣椒作为植物从南美洲漂洋过海到中国是很晚的事，大约已是明代万历年间。辣椒的使用大约与有些地区食盐的缺乏有关。这之前中国人的"五味"中最刺激的是"辛"，那是葱姜蒜冲鼻的味道。山东人吃大葱，那是嗜"辛"而非嗜辣。历数各种川菜，是麻辣、辛辣混一锅，像我这样的人一把眼泪一把鼻涕，傻傻分不清楚。只有辣子鸡，是干辣，鸡块油锅里炸，再与海量干辣椒猛炒，纯辣，味觉自虐。

在我等眼中，辣子鸡的主角是鸡，鸡肉挑光留一大盘辣椒。而真正的食辣者，可以光盘。天津有谚：一辣解千馋，再辣就过年！

辣子鸡

王辉 绘

云南菌子

目下刚过小暑，于云南正是吃菌子的时节，我赶上了，若是早一个节气去，吃不起，野生菌是奢侈品，动辄上千元一斤。

汪曾祺先生在《昆明的雨》中专门写过他在西南联大学生时代吃菌子，诸如牛肝菌、青头菌、鸡枞菌、干巴菌、鸡油菌。他老人家不但写，还擅于烹制菌子。一场雨后各种菌子冒出来，无论富人还是穷人都有得吃。如今昆明翠湖边的高档餐厅，小小一盘炒牛肝菌或羊肚菌要近二百元。

忽然想起，自己最早吃云南野生菌不是在云南，而是在北京。两位山西煤老板开着法拉利跑车设宴请金老办事，金老正好省了请我吃炸酱面的钱。煤老板找了一家云南菜，上了一大桌野生菌，我心想闹了半天就吃顿蘑菇。饭罢，煤老板拿了结账单，大声宣布这桌蘑菇吃了一万多！

后悔当年没有一一细品各种野生菌的滋味。这次作家周重林邀我到昆明开会，去之前就看他在朋友圈吃菌子锅"炫富"，食欲大振，到昆

云南菌子

王辉 绘

明要不辱使命，重点吃菌。

青头菌：价廉物美，小饭馆炒着喷香。

鸡油菌：色如鸡油，我在西南林业大学食堂里吃到云腿片炖鸡油菌最美。

鲜竹荪：下锅三分钟，口感脆，汤鲜，最爱。

羊肚菌：吃了羊肚菌蒸鱼，无感。

牛肝菌：肉质肥厚，生的切片后特像牛肝，爆炒、涮锅都好。涮锅要大火煮二十分钟，否则不得动筷，此乃有关部门规定，怕有毒。

鸡枞：在老昆明人心目中，鸡枞才是菌中之王。鸡枞鲜极，多用来熬油，云南的学生给我寄过一瓶，吃面时挖一筷，点睛。鸡枞往往长在松软的蚁穴上，重林兄说，发现鸡枞要祭祀一下再挖，而且不能跪着挖，一跪下，鸡枞就跑了！

松茸：老昆明人叫"臭鸡枞"，原本是看不上的，后来被日本人无限地追捧，因而有名且价高，哆啦A梦就爱烤松茸。新鲜松茸要切片、冰镇、生食。如今，云南的松茸挖出后24小时内即可空运到日本人的餐桌上。

干巴菌：其貌不扬，地位却不在鸡枞之下，香而硬。切小块炒饭，量少而奇香。云南山民挖菌子有规矩，比如谁先发现了一块干巴菌，太小，就在边上插一小标署上名号，等它长大。如此，别人便不会再动，若动了主人要跟你玩命。这是乡规民约。

猪拱菌：就是法国料理中大名鼎鼎的黑松露，长得像驴粪蛋。人找不到，此物必须牵一头发情的公猪去拱，因松露会散发出似母猪的气味。中国烹饪松露不出彩，我点了一份新鲜的嫩松露切片当刺身。怎么形容呢，细品时总想起汪曾祺孙女说的"烂鞋底味"。

必须承认，菌子锅实在太美味，最后炖到一起的黏稠浓汤，是味觉的巅峰。不过吃菌有风险，云南有吃菌歌把我笑倒：

> 红伞伞，白杆杆，吃完一起躺板板。躺板板，睡棺棺，
> 然后一起埋山山。埋山山，哭喊喊，全村都来吃饭饭。吃饭
> 饭，有伞伞，全村一起躺板板。

民间调侃死亡的黑色幽默深刻的很呀！朋友告诉我后面还可以添两句恐怖的："躺完无人埋山山，来年一起长伞伞。"令人喷菌。

很多野生菌确有剧毒，轻则致幻数日，重则一命呜呼。原始巫师以菌子做天然致幻剂可以通神。西南林大的杨海潮兄见过最早记载云南人吃菌的史料。大约是魏晋时，南中有一人，乐呵呵抱回个伞大的菌子吃了。

结果怎样？卒。

兰州牛肉面

中学时代常去拉面馆，边看边吃，觉得那拉面师傅神乎其技。后来在各地看到兰州拉面，觉得稀松平常。忽而身在兰州，住黄河边老城隍庙，零下七八度的早晨，不吃上一大碗牛肉面，简直对不起兰州对不起自己。用"舌尖体"说：兰州人的一天是从一碗热腾腾的牛肉面开始的。请注意，兰州人自己不称其为"拉面"，他们很反感这个"拉"字。

敦煌研究院杨富学教授告诉我，在兰州吃牛肉面不用找什么老字号，这个马家、那个马家，随便进一家都好吃。此话不假，我从兰州沿着丝绸之路一直吃到敦煌，果然都好。一般一碗面七八元，一清（牛肉清汤）、二白（萝卜片）、三红（油泼辣子）、四绿（大蒜，当地人叫蒜苗）。牛肉得单点，再配2元钱的小冷菜，豆芽、青椒、泡菜、腌萝卜等，小20元可以吃个心满意足，来不及午饭也不觉饿。

想不到兰州这座狭长的城市是个"大众文化"策源地，大众的精神食粮《读者》杂志编辑部就在兰州，此外就是带有"清真"字样的大众

兰州牛肉面

王辉 绘

美食兰州牛肉面。所有的兰州面馆都不设洗手间，在张掖西夏大佛寺边的小面馆里我想洗个手，就冲进厨房，被正在忙碌的几位阿姨大呼小叫赶出来。一会儿，一位阿姨客客气气地端出一大盆浑浊的热水，请我洗手。我才恍然大悟，这家店是"清真"的，不能被我这等浊物污染。

从肉体到心灵，饮食是一座桥梁，我们常以"不垢不净"的禅学思想自我蒙蔽，俗语曰："吃得邋遢，做得菩萨。"心灵真的可以这样含糊其辞吗？以笔为旗的作家张承志强调一种"清洁的精神"。在自古缺水而显得灰蒙蒙的大西北，在兰州牛肉面里，我尝到了这种"清洁的精神"。除了黄河、长城的物质象征，这种源于信仰的品格难道不也是中华民族精神的组成吗？

敦煌的瓜

"杀个瓜！"

夏天的敦煌是吃瓜季，甜、脆、廉价，当地人家里都放上一地的西瓜与甜瓜，他们不叫"切瓜"叫"杀瓜"，豪横。我到敦煌研究院查资料，学者们工作之余，杀个瓜解渴解闷，边吃边交流。瓜这东西其实挺普世，僧俗胡汉，胡不吃瓜？至于网络造就"吃瓜群众"，是国民性问题。

敦煌人笑我们江南的瓜贵而不甜，水果店里都半个半个卖，甚至论片卖。其实我们以前买西瓜也是扔一地的，每天敲敲声响，咚咚咚、笃笃笃。我爸就擅于挑瓜，听得出生、熟、起沙。选一只扔到井里凉水镇着，没有井就浸在脸盆里。每到夏天瓜季末尾，瓜价一落千丈，瓜贩到最后连卖带送，余下全部弃之，连乞丐都懒得吃，斜西街十字路口，一片红潮……这是儿时景象，现在西瓜的确贵，跟日本一样，一牙一牙卖。在日本谁家一次买一整个西瓜，那简直是炫富。

敦煌边上的县就叫瓜州，敦煌也称沙州，都说"瓜""沙"一家，产瓜的历史想是比洞窟开凿更久远。沙漠绿洲宜瓜，靠瓜解暑，也是上天赐给大漠中人的福利。当地老乡把西瓜切半，简单拨去一些瓜子，中间掏个洞，将风干馒头片放进去，瓜汁浸软馒头，糖分加淀粉，会不香吗？

敦煌人觉得新疆的瓜是一味齁甜，他们喜欢当地清甜型的。南方也有好吃的瓜，平湖西瓜就是珍品，掏空瓜瓤，还能雕刻瓜皮制成西瓜灯。只是老拿一个"甜"字表达太不精确，如果可以像茶与酒那样审评就好了，把新疆、敦煌、平湖，乃至日本的西瓜一字排开，或者沿着丝绸之路吃下来，看看它们各自究竟是怎么个甜法？

对了，今年看到杨富学先生的一篇考证论文——都把敦煌地名解读为"敦"，大也，"煌"，盛也。其实，"敦煌"很可能就是突厥语"tawuz"一词，意为"瓜"。

李广杏与樱李

敦煌除了产瓜，还产一种杏，叫"李广杏"。今年游客少、杏子多，大街小巷都有人叫卖，个小的只有几元一斤。我吃了觉得不过尔尔。时令一过，家家户户就把杏子风干，当地称为"杏皮"。杏皮又被制成"杏皮水"，酸味重过酸梅汤，是解暑的利器。

敦煌的餐饮行家老王早年在敦煌研究院当大厨，段文杰院长曾夸过他做的菜。在党河边撸串时，他告诉我真正的李广杏我没吃上。

都说"李广杏"是李广从西域把杏引种到敦煌因而得名，老王的说法却大抵与曹操望梅止渴的典故相似。李广与匈奴拉锯了一辈子，可谓战功卓著，名望很高，武帝对他却不大喜欢，李广难封。鸣沙山有滑沙风俗，众人滑沙而下时，沙丘发出金戈铁马般的轰鸣之声，仿佛悲情英雄飞将军李广再战沙场。鸣沙山下是月牙泉，虽历斗转星移，风啸沙鸣，千万年来却从不枯竭，很神秘。只有产自敦煌月牙泉镇合水村那一片的李广杏才正宗，特征是果肉与果核粘连的部分纠缠得紧，很难吃干净。

李广杏与樜李

王辉 绘

老王得意地问我："你吃到的杏子，是不是一口下去果肉与果核很分明？"我一想还真是。"真正美的李广杏，个大，肥美，里面那个果肉呀，入口即化，就像……"他沉浸在对李广杏口感的描述中，一时找不到恰当的词形容。我却秒懂，就像布丁一样，没有纤维感，汁水饱满，也许能比得上我老家的"檇李"。

若说檇李，老王就没听过了。嘉兴古称"檇李"，因这千年名果而得名。战国时期，吴越争霸，双方在这里爆发过两场大战，史称"檇李之战"——还有比这更好听的军事行动吗？"檇"音"醉"，读音就很迷人。老人们都知道，正宗的檇李底部要有一个美人西施掐出来的指甲印，性感得令人窒息。勾践卧薪尝胆准备复国，把有沉鱼落雁之容的西施献给吴王，让大夫范蠡送去吴国，途经檇李之地嘉兴住了一夜，如今尚有范蠡湖。这一住演绎出许许多多韵事，连梳妆台都留了两千多年，胭脂把河水染成五色，美人还要尝尝檇李，留下指甲痕……范蠡湖我小时候常去，而檇李吃起来汁水滴滴答答流一手。祖母说好的檇李不用咬，拿一支麦秆扎进去，果肉连汁水浑然一体，直接吮而食之。

水果与战争记忆混搭，李子、杏子、梅子，北方附会英雄，南方意淫美人。

玉门关焖饼

敦煌莫高窟、阳关、玉门关三点连起来差不多是一个等边三角形，相互间车程都在两个小时左右。玉门关的遗迹比阳关要多，老同学根敦和于主任陪着我在大漠的风沙中看了小方城、大方城、汉长城，都是一堆沉淀历史文化的夯土。参观完返回游客中心时已是下午1点，三个人喝了一肚子西北风。多想来一碗兰州牛肉面，或者是敦煌的"拉条子"，汤面片也行，有红柳羊肉串就更美了！

然而现实很残酷，疫情期间没有游客，只有我们来考察，方圆几里地连个金镶玉的"龙门客栈"也找不到。最后只能厚着脸皮去景区的员工食堂蹭饭。饥饿出奇迹，我吃到了在敦煌大半个月来最好的美食！食堂经理没给我们吃大锅菜——估计剩菜也没了，厨师单为我们去做了一个焖饼。

西北大漠的吃食主要是面与肉，所谓焖饼并非像馕一样的饼，而是面与肉的结合。用羊肉或鸡肉切大块，放大锅里炖烧，等肉烧入了味，再擀一张与锅子一样大的面饼盖上去，肉就焖在了面皮子下，汁水和香味跑不了，就往面里钻。等面饼一熟就切成较宽大的碎片再入锅与肉同烧一会儿出锅。

敦煌市的街面上到处能看到"胡杨焖饼"的招牌，只是不会都用胡杨做柴火。胡杨木质紧实，活着千年不死，死了千年不倒，倒了千年不朽，那是大漠人家起炊烟的绝佳燃料。用胡杨木烧出的火足够稳定、持久，焖饼最好。

我们等了近一小时，2点钟时一大盘鸡肉焖饼端了上来。香得勾魂，面片滑溜弹牙，再吃一块鸡肉简直令人惊艳，一般的土鸡也绝没这么结实的肉质，鸡骨头都嘬得舍不得放下。眼看着盘里还剩下最后一块鸡肉，几十秒凝重的默契之后，还是由我这位客人得偿所愿。

本地司机告诉我，这个鸡叫作"大漠风沙鸡"。脑补一下画面，在沙漠戈壁上奔跑着一群鸡，啄食沙粒与虫子，喝的是祁连山上流下来的雪水，的确是鸡中的极品。于是从玉门关回到敦煌，每次到饭店都点一个"大漠风沙鸡"，味道完全不是一回事，也就是菜场门口炸鸡的水平。

玉门关职工食堂那只鸡的水准再没吃到。回想起来还有一点，是南方烹饪有所不及的，那就是西域传来的香料。

敦煌从汉唐以来就是一个各民族各人种各信仰各文化，开放、交流、融合的重镇。玄奘法师就是从玉门关出，从阳关回，一个是"春风不度"，一个是"更尽一杯"，两关一过就是神秘的西域。这种神秘感与香料的气味有关，丝绸之路上最重要的交易物资之一就是香料。历史上的粟特人就像今天的犹太人一样会做生意，他们长期控制着东西方之间的贸易往来，香料是一大宗。

胡椒、茴香、孜然、肉桂、丁香、豆蔻……这些香料通过当地厨师颇富经验地调制搭配，撒入大漠风沙鸡与胡杨焖饼中，才造就了我心目中的"玉门关焖饼"。

用当地的方言发感慨叫作"美狠"，"狠"字的音念作"恨"。

土豆炖牛肉

　　从匈牙利去奥地利，途经巴拉顿湖。冬日上午薄雾似纱，撩人，大湖如泳池般透蓝，一望到底，天鹅交颈，空气纤尘不染。在这样的童话世界里散步，呼吸鲜而冷的氧气，诗意渐增，热量渐少。设计师老宋一边不断按着单反快门，一边说："得赶紧找点肉吃！"

　　我们在乡村小餐厅坐下，陪同的曾先生点了菜。从塞尔维亚一路感冒而来的我，看到欧洲大同小异的肉类已经毫无胃口。第一道汤上桌，每人面前放的是一个黑底白点的洋铁皮小桶，很土，那是欧洲中心哈布斯堡王朝领地的"土"。我探头一看，里面是一小桶暗红色的浓汤，表层泛着一层金灿灿的油光。舀出汤中的食材就知道，那是稀松平常的"土豆炖牛肉"。我尝了一小口，滚烫，又尝了一口，之后便埋头吃喝，再也没话说。老宋抢拍一张照片后，与我对视一眼，埋头，让我想到法国"革命"画家杜米埃的《喝汤》。再抬头时，汤已一滴不剩。我眼泪鼻涕流了一脸，感冒就此痊愈。

　　从来土豆炖牛肉，料是料，汤是汤，重点挑牛肉，顺便吃土豆，汤汁几乎不喝。而这道菜，土豆、牛肉、番茄、香料、汤汁完全融为一体，吃与喝不分轩轾，新鲜的番茄彻底熬入汤中，酸甜咸香的比例微妙和谐，简直是圆舞曲，一定是茜茜公主的菜！

俄国著名的罗宋汤也是这一路菜，后来"土豆烧牛肉等于共产主义"成了苏联笑话。但自从吃了那一次，我有点理解赫鲁晓夫了，他在匈牙利说这句话时也许吃到了这个水准的"土豆炖牛肉"。可惜语言不通，没有问到配方，想必即使主人和盘托出自己也做不出色。

这道"土豆炖牛肉"老宋想必更为难忘，回国好几年了，他微信头像的照片还是那个小铁皮桶。

波士顿龙虾

我在波士顿嚼龙虾那年唐纳德·特朗普先生正在折腾，记得那几天的《纽约时报》上尽是美国政府集体罢工的新闻。肯尼索州立大学孔子学院的美方院长金老为我过了个生日，礼物是亚特兰大博物馆内一颗南北战争时期的子弹，真家伙。那顿生日大餐光高兴了，吃啥一点没印象，记住的是下一顿：波士顿龙虾。

金老一路都在叨叨，美国是饮食荒漠，吃来吃去净是蛮肉，必须带我们去波士顿孔院蹭一顿龙虾。我们进的是一个中餐馆，大圆桌上了六大盘，分别是清蒸龙虾、葱油龙虾、蒜蓉龙虾、椒盐龙虾、芝士焗龙虾和龙虾刺身，真是"让我一次爱个够"，来了个"壮志饥餐胡虏肉"。其实昂贵的大龙虾未必有廉价的小虾鲜美，但是大有大的好处，胜在口感，须大嚼，方弹牙。

波士顿不产龙虾，龙虾来自隔壁的缅因州，美国人叫"缅因龙虾"，比邻的加拿大人则叫它"加拿大龙虾"，寒冷水域出产，肉质紧实。波士顿是英国殖民美洲的首要大城市，引发美国独立战争的"倾茶事件"就发生在这里。龙虾的运销有赖波士顿这个良港，"波士顿龙虾"的大名遂播于世界。可惜，英国人在吃方面很憨，教出来的美国徒弟更甚。网上曾传言，"解放前穷困饥饿的上海市民整日以大闸蟹充饥"，这纯属笑话。然而，从17世纪开始，英国殖民者一律不吃海里带壳带刺的玩意，对龙虾更是嗤之以鼻。后来实在食物短缺，罪犯、奴隶、穷人才开始吃"波士顿龙虾"，食者为此还有种历史屈辱感。19世纪末美国人发明了罐头，龙虾肉才有了点用武之地，但还是罕有人吃。二战时期食品管制，只有龙虾没有像其他食物那样被限制供应，它这才终于爬上了美国人的餐桌。

这顿波士顿龙虾大餐后不到半年，美对华政策吃紧。金老所在的肯尼索州立大学，以及波士顿大学这儿的两所优秀的孔子学院被迫停办，我们的许多合作项目也就此搁浅。

前几天我陪老妈在家对面的永辉超市买菜，看到水产类里有两只龙虾游来游去，标牌上写着：波士顿龙虾，当日促销价118元一斤。

冰糖鳗鲡

这次，写一美食以为戒。

有一年在上海练塘古镇，朋友晚上拖我到农村吃饭，黑灯瞎火，寂寂无声，独一座房子亮堂，里面是雅致的私房菜，一日只备一桌。其中印象深刻的是一道冰糖鳗鲡，浓油赤酱，入口即化，糖与脂肪交融，一段两口，嘴里腻哒哒，肥得不好意思吃第二块，虚晃两筷子，又下箸。桌旁一本影印的民国版《章练小志》，窗外芦苇小河浜、茫茫收割后的稻田。明清至今，这里都是天下粮仓。有风从晚明来，那时的小文人酬唱应对，也在这种地方吞下冰糖鳗鲡。

河鳗的吃法，我家里人相信清蒸。海鳗晒成干，好的叫七星鳗，有一种做法是与切块的肥猪肉一起蒸，猪油浸入鳗鱼干，相得益彰。我其实并非鳗鱼的拥趸，相比之下还是偏爱冰糖鳗鲡。

我的外公从不食鳗鱼，也不说原因。我猜是老辈人总说鳗鱼食腐，有说用死猪甚或死人捕鳗，它们咬住不放，钻入肚中云云，很恐怖，有爱伦坡小说的画面感。也许是乱世的某种记忆作祟？

日本的鳗鱼饭有盛名，并且较奢侈。但日本海边的人有食鳗禁忌，那牵扯到"虚空藏菩萨"信仰。鳗鱼是虚空藏菩萨坐骑，也是其标志，属牛属虎者尤不能食。菲律宾人认为鳗鱼是祖先化身，更不食。我国台湾高山族也有关于鳗鱼的传说。日本传说鳗鱼的两翼能够带来大雨与洪水，念《虚空藏经》可以控制鳗鱼从而控制海洋。这种信仰源自来唐朝求法的传奇日僧——弘法大师空海。

日本研究虚空藏信仰的第一人是佐野贤志教授，他对中国有深情，曾来华考察数十次，有一回遭遇车祸险些丧命，康复后瘸着腿继续来，我很尊敬这位老师。研究也是信仰。临退休前有一次，他在课堂上说："我的学生，请不要吃鳗鱼吧！"

女性主义炒猪肝

　　关于东京大学上野千鹤子教授的婚姻话题很是热闹了半年，女性主义被正解、曲解、误解，不仅在日本方兴未艾，国内也时髦起来。我一直抱着尊重的态度默默旁观，不插嘴。还是给女孩子烧个菜吧——头刀韭菜炒猪肝——我是跟女性（我外婆）学来的。

　　买来猪肝洗净扔冰箱速冻，掐表看时间，不要冻得邦邦硬，略成形就取出，这样容易切片，否则软绵绵的很难切得薄。刀要磨得锋利，这跟日本料理师切生鱼片是一个道理，钝刀子割肉，把食物的纤维撕扯得一塌糊涂，破坏口感。很多人喜欢切得厚，我喜欢薄片，最好切成两毫米以内。厚猪肝与薄猪肝犹如两种食物，我每见日本"烧鸟"（烤串）上面一指厚还在冒血的猪肝便心生畏惧。

　　猪肝薄切后再洗一遍，然后入生粉、蛋清、黄酒、盐、生抽，用手捏两把，浆一段时间。最好是用铁锅开大火，锅烫油多，猪肝过油捞出，然后以少许小米鲜辣椒、葱姜炝锅，韭菜与猪肝下锅翻炒几下就熟，起锅，喷香。配菜最佳就是"头刀韭菜"或者韭黄，过了一冬，春天最早抽出来的嫩韭菜即名"头刀"，"夜雨剪春韭，新炊间黄粱"。切记炒猪肝多放点糖，放料酒也很重要，不要笨笨地去超市买袋装"料酒"，试试多倒点好年份的绍兴花雕会有多香！

上述烧法应该算是地道江南味，我以前坐叮叮车到香港公园后面找蔡澜好评过的盛记大排档吃葱姜猪肝，不如我外婆烧的。

大概以前的女人很怕头昏。外婆常说女人开春吃一次头刀韭菜一年都不头昏。再加上猪肝补血名气最大，不但是女人，男人像许三观，每次卖过血回来都要在胜利饭店点一盘炒猪肝、二两黄酒（见余华名作《许三观卖血记》）。

补血不头昏，便宜又好吃，女孩子学会这道菜比空谈主义更实用。女人爱自己，首先对自己的胃好一点，公认又美又智慧的女作家弗吉尼亚·伍尔夫说过：人如果吃不好，就不能好好思考，不能好好睡，也就不能好好爱。

茶泡饭之味

爱看小津安二郎的电影，有一部著名的《茶泡饭之味》，所以总觉得茶泡饭是清淡的雅食，因为小津的电影足够清淡。后来看治愈系日剧《深夜食堂》，里面有"茶泡饭三姐妹"，每次出镜只吃茶泡饭。

有一年，我在横滨"未来港"附近一家专吃茶泡饭的店里点了一份。一大碗饭，梅干、海苔、鱼肉、鱼子等各路食材往里放，一壶茶水自己浇下去，日本茶本来就味淡，茶汤那丝苦涩几乎尝不出，吃起来腥香酸甜，口味很重，我大呼"好咸"！饭上放厚切生鱼片，淋酱油，再用滚烫的茶水浇下去，鱼片变得半生不熟的，味道很古怪。哪有小津的清淡？

日本人所谓"日常茶饭"并非我们所理解的茶是茶、饭是饭，茶泡饭的日常性与民俗化是一个浩瀚的饮食人类学课题。

根据中村羊一郎先生的"情报"，日本静冈县湖四市还有茶农会做"柴茶饭"。"柴茶"就是把茶树的粗老叶子撸下来，蒸后放在席子上晒干，码放好可以保存几年。要用的时候抓两把先放锅里焙炒一下，然后装进一个棉布袋扔进锅里煮，煮得茶汤大红。再用这样的"柴茶红汤"舀出来煮饭，稍微加点盐调味。中村的原话是："用普通的煎茶做饭会苦得无法下咽，但是这个很好吃。"

冲绳那霸市的"振茶"，当地叫"呸库呸库茶"，用一个竹茶筅把茶汤打得充满泡沫（用的是土茶而非抹茶，抹茶是上流社会的高档货），在茶碗里放上赤豆饭或白饭，浇上这个啤酒一样的茶汤，然后在泡沫上撒上花生碎。

诗人宫泽贤治那首《不畏风雨》中的青年形象——"雨不怕，风不怕，没有欲望，绝不烦恼，豆酱、粗茶、淡饭，一日三餐觉得非常满足，浑身充满力量，四处帮助别人"。看来吃的就是这类茶饭。

传统的日本民居都有一个类似起居室功能的房间，叫作"茶之间"，平时一家人吃饭喝茶闲聊都在其中，主要由主妇操持日常茶饭。我在日本北部气仙沼市的大岛上就与"奥巴桑"们在"茶之间"里喝粗茶，感觉她们跟老家农村的大妈们一样有趣。

当然，民间的吃法也被上层采用，武士们哪有空顿顿吃"怀石料理"？茶泡饭实在便捷得多。流变至今，就成了我在横滨吃到的商业化茶泡饭套餐了。

其实论茶泡饭的境界之高，还是我们贾宝玉匆匆忙忙吃下去的那种。《红楼梦》第四十九回"琉璃世界白雪红梅，脂粉香娃割腥啖膻",正是大观园里的姐姐妹妹们欢悦热闹到极点的时刻。宝玉与众姐妹到贾母处,他只嚷饿,连连催饭。好容易上了菜,头一样是牛乳蒸羊羔,那羊羔是胎羊,可见是给贾母冬令进补的。贾母果然说这东西小孩子吃不得,是上年纪的人的药!又说今天有新鲜的鹿肉。可是宝玉等不及厨房慢慢烹调,"只拿茶泡了一碗饭,就着野鸡瓜齑忙忙地咽完了。"《繁花》里的"宝总泡饭"似乎有点古今照应。宝玉吃完了茶泡饭,史湘云撺掇他去讨一大块生鹿肉,之后一个个脂粉香娃就在白雪世界中饮酒作诗BBQ。

不研究一番"日常茶饭"的精神,就读不出曹雪芹的苦心孤诣。这一回宝玉吃的茶泡饭,夹在"牛乳蒸羊羔"与"烤鹿肉"之间,清淡与肥腻,日常与猎奇,形成了巨大的审美反差,衬得这碗茶泡饭格外的清新洒脱,而茶泡饭又反衬之后的烤鹿肉之香腴,更浮想出那大嚼鹿肉的湘云、宝琴这等唇红齿白的锦心绣口。

法式和风料理

95后的潇潇在东京首都大学读完本科，接着到神奈川大学读硕、博。他是骨灰级的宅男，热爱两件事，追"二次元"美少女与"烹饪及酒"，酒算在烹饪里，至于学习并不十分要紧，课题就研究"宅"。

潇潇曾多次为我做过料理，老宅男的厨艺果然不凡，但印象最深的是几年前请我"吃"了一顿法式和风料理。设计的菜单如下：

前菜：清酒马蒂尼佐烟熏芝士

汤：松茸培根海苔碎奶油汤

鱼料理：酒蒸海螺配芝士焗扇贝（罗勒香煎三文鱼排候选）

肉料理：柚子胡椒风味的煎黑毛和牛

沙拉：沙拉最奇葩，醋渍章鱼须佐鲑鱼子沙拉

甜品：木鱼花杏仁豆腐

餐后再来一杯山崎12年，慢饮。然后放上一张小泽征尔的碟做背景音乐。我挺羡慕90后，天生有能力痴迷一种虚构的东西，比如追"二次元"女主。潇潇语重心长地告诉我，他与现在那些年轻"二次元"不一

日本黑毛和牛

王辉 绘

样，现在太容易越圈，内部氛围不和谐，各种鄙夷链，他属于那种老派的、喜欢自己埋头追点什么的旧式"二次元"。并且他是"人外控"，就是喜欢那些拥有一些传说中的怪异能力或者动物属性的人类。这一点，我们有共同性，要不我怎么会迷《X战警》呢？

对烹饪有这样态度的青年也算是人间不失格。其中的硬菜"煎黑毛和牛"，食材就够奢侈。日本遍地食牛，最便宜而普及者是澳洲进口牛肉，本土所产的和牛品质高，而黑毛和牛在我们这里就如猪中的"两头乌"，是牛肉中的贵族。中国食客一般都追捧"神户牛"，殊不知如今"山形牛"更牛。

我在上海淮海路试过一家意式中国料理，很是不伦不类。而这顿法式和风料理搭配得不错，也许日本明治维新，食材也便"脱亚入欧"。明治维新前日本人杀牛、吃牛是犯罪行为。农耕社会，牛很神圣，我们宋朝时杀牛也要判刑，而现在日语教材第一册上来就吃牛肉盖浇饭。

哪里能吃到这顿法式和风料理？找遍东京甚至全日本也没有。因为那是在一个饥肠辘辘的夜晚，潇潇躺在榻榻米上，在朋友圈里纯靠幻想打字请我吃的，算是一次"二次元"吃法。不过他遇到了对手——每道菜的滋味我都能大概地哂吧出来。

白乐蘸面

　　初到横滨那年，我在白乐站往神奈川大学去的小路上吃到一种蘸面。那是一家很小的夫妻店，叫"吉之轩"。老板是福建人，精瘦，很勤勉，头上永远紧裹白毛巾。我一拉门进去，他就跟一切日本店家一样大呼一声："欢迎光临！"把我吓一跳。

　　比起日本的拉面、荞麦面，中国食客们对蘸面往往知之甚少，如果以考古学的方法为此物定名，这种面大概可以叫作"鸡猪高汤调和鱼芥汁蘸面"。面端上来两大碗，一碗是堆成小山的干捞面条，放上一切两半的酱煨蛋，另一碗则是浓郁的蘸汁，内有两片猪肉及笋、海苔，再撒一把葱。提起一筷子面条放入滚烫的汤汁里一蘸，呼噜噜下去，乍吃觉得略咸，再吃欲罢不能。这店也实诚，面条是"大盛"（免费加大量），一顿下去饱得连晚饭也省了。隔两三天，又想着再吃一次。

　　回国后吃不上这口，谈不上朝思暮想，总也有午夜梦回。生怕那家小店会关门大吉。又到白乐的第一顿就去"吉之轩"报到，一切如昨。一说中国话，都格外亲切，我边吃边问老板蘸面的来历。老板说你看墙上那两幅字——

一幅写着"面绊心之味",另一幅是"诚信努力根性",落款均是"池袋大胜轩山岸一雄"。论书法,这两张小字何足道哉,所以我一直视而不见。又兼中国人开日本面店,虽然味道好,从来也没想着他会有什么传承。

没想到这位山岸一雄竟然就是这种蘸面的创始人,总号就在东京市中心池袋区的大胜轩。老人晚年病弱,站不住,但还要坚持坐在自己的店门口迎客,成为活招牌。难怪日本许多饮食店门口挂的牌子总是写着"一生悬命营业中",很有些悲壮。

山岸老人如今已谢世多年。眼前这位来自中国福建的小老板,十八岁初到日本谋生,吃到老师傅一碗"呲开"面,励志学艺,成为山岸的第三代传人。小店开张时,师公就把一生做面的两个宗旨写下来送给他。好比茶道宗师对徒弟认可的墨迹。

腼腆的老板看到我敬佩的表情,既羞赧又得意。我赶紧追问,这蘸面的汤汁如何调制?

汤汁果然是第一要紧,在煎熬上下足功夫。先说高汤,放猪肉要从猪脸肉、猪耳朵、猪五花、猪大骨一直用到猪脚,鸡肉则从鸡头、鸡翅、鸡皮用到鸡脚,其中鸡头的清洗尤为麻烦,被老板略去。然后是放入洋葱、大蒜、葱及种种蔬菜。另一方面要用八至十种鱼芥混合调汁。

所谓鱼芥就是各种咸鱼磨成的粉末。

虽然老板不厌其烦地向我数出这许多原料，但几十种食材的配比是不外传的，繁难程度可想而知。

唯一可惜的是，面条本身的口感似不如当年了。老板无奈地说，近来生意清淡了一半，日元贬值，面价又上涨，很艰难。为了降低些成本，只好省去当年特别定制的那种面条，但调理蘸汁，还是一样不敢少。

"白乐"这地名让我联想到白居易，字乐天，惜东瀛米贵，居大不易也。

筑地痛风盖饭

日本人，盖浇饭就念"咚"音，造了一个汉字"丼"，在"井"里加一点。比较常吃的是"牛丼"和"亲子丼"，所谓"亲子"就是鸡肉、鸡蛋盖浇饭，取这种名字也真够绝，但还有更绝的，我在筑地的鱼市就见过"痛风丼"。

"痛风丼"其实就是超大量的海鲜盖浇饭，组合非常多样，各种鱼肉、贝类、章鱼、鱼子及海胆，当然全部生食。其中我尤其喜欢海胆饭。以前看葛优在电影里吃北海道的海胆盖饭，还磕下去一个生鸡蛋，搅拌后大口吞下，非常奢侈的口感。其实如果面对大量新鲜的海胆，怎么好意思拿生鸡蛋去破坏呢？

吃海鲜刺身当然要"直捣黄龙"去东京的筑地市场，而且去得越早食物越新鲜。上午八九点以后，市场内横竖几条街上的人比鱼还多，走路基本不用动脑筋，被人群挤着往前就行。海鲜餐馆数不过来，只愿钱多肠胃好。我找了一家门口排长队的馆子，是三兄弟开的，招牌套餐是"一郎丼""二郎丼""三郎丼"，让我想到谷崎润一郎、小津安二郎和大江健三郎，他们的作品我都喜欢，就吃这家了。三个"丼"的价格依次递减，"一郎丼"相当于"痛风盖饭"。我虽然暂时不怕痛风，但决心要吃海胆饭，一大碗端上，果然够新鲜。好的海胆吃上去有水果中嫩山竹那样的鲜甜，总是意犹未尽，什么时候能一次吃个腻呢？

还有一种极丑的鱼叫鮟鱇，鱼肝肥美，料理成刺身后颜色像海胆，口感、滋味赛鹅肝，价格却便宜得不是一个档次，我曾在镰仓吃过，感觉用它代替海胆也很不错，只不过肯料理这种怪鱼的店也不太多。

新年许个愿，实现海胆自由，并且人人不痛风。

新年的羊羹

元旦前，我在筑地市场给自己买了一袋羊羹。我原是不会去吃这种甜到发腻的点心，一是误以为日本人新年送礼喜欢送羊羹，二是最近多读周作人，他写过一篇《羊肝饼》的小文考证羊羹。

周作人写道："这并不是羊肉什么做的羹，乃是一种净素的食品，系用小豆做成细馅，加糖精制而成，凝结成块，切作长物，所以实事求是，理应叫作'豆沙糖'才是正办。……最近理的一种说法是，这种豆沙糖在中国本来叫作"羊肝饼"，因为饼的颜色相像，传到日本，不知因何传讹，称为'羊羹'了。"他认为羊肝饼从唐代就传到日本并讹称为"羊羹"。

又写道："传授中国学问技术去日本的人，是日本的留学僧人，他们于学术之外，还把些吃食东西传过去。羊肝饼便是这些和尚带回去的食品，在公历十五六世纪'茶道'发达时代，便开始作为茶点而流行起来。在日本文化上有一种特色，便是'简单'，在一样东西上精益求精地干下来，在吃食上也有此风，于是便有一家专做羊肝饼（羊羹）的店，正如做昆布（海带）的也有专门店一样。结果是'羊羹'大大的有名，有纯粹豆沙的，这是正宗，也有加栗子的，或用柿子做的，那是旁门，不足重了。现在说起日本茶食，总第一要提出'羊羹'，不知它的祖宗是在中国，不过一时无可查考罢了。"或许羊羹是配合着宋代的点茶一起传来日本也未可知。

我买回的羊羹分为"栗""盐""抹茶""炼"与"小仓"五种口味，前面三种无须解释，"小仓"是以红豆为主要材料制成，比较流行。元旦的午后，我剥开一块"炼"，这是最传统的原味羊羹，以三四小时的慢火熬制，极甜，极甜，原本是用来中和日本抹茶浓重的苦味。须得采取细读周作人文字的心境来慢慢化解这种细腻的浓郁的甜味。

有人诟病周作人为文爱抄书，于是我这次专门来抄他——他还写道："有小豆的清香的纯豆沙的羊羹，熬得久一点，可以经久不变，却不可复得了。"

春的天妇罗

　　我在熊本吃到一桌私房菜。老夫妻都有八十岁了，老爷子司厨，老太太服务，一天基本只接受一桌客人的预定，不是为了赚钱，这是他们持续与外部世界交流的方式。餐厅就在居家中，外面没有招牌，吃饭如家宴，房间里满满的陈设都是十八、十九世纪的西洋家具，餐具、酒具都是古董。

　　怀石料理一道接一道，不要总觉得日本的食物精美却量少，一套流程下来被投喂到撑，最后还要递上一碗米饭，只好大家分，刚刚吃完，又递上餐后甜点，嗯，甜点反正是装进另一个胃的，吃完又送来一碟水果，终于把最后一颗草莓塞进嘴里，眼前又换上了一杯咖啡，一闻，浅烘焙，我喜欢，喝了助消化。走的时候，老太太还要塞给我两个橘子，熊本产的。

　　回味这顿私房菜，重点恰恰是中间老太太赠送的一盘"春的天妇罗"。

　　天妇罗是日本最常见的食物，把各种荤素食材裹上面糊下油锅炸。

有部纪录片拍东京银座的"天妇罗之神"小乙女哲哉，炸了一辈子天妇罗，炸到了神乎其技的境界，据说预约排队要等上一年半载。我想这也没什么了不起的，老家砖桥弄和南阳路交叉口上炸臭豆腐和萝卜丝饼的老王对火候的掌握未必在他之下。

其实天妇罗的源头来自九州，荷兰人的商船开进长崎港，带来这种西洋吃法。从此日本人沉迷"扬物"（油炸食物），万物皆可天妇罗，甚至是花朵、枫叶也拿来炸。其中，还很讲究季节食材，比如这次老太太送的"春的天妇罗"，就是炸一种春天最早生长的植物：蕗薹。查询学名，中文叫作"蜂斗菜的花蕾"。立春刚过，古典的日本人就会拿这种东西炸天妇罗。外脆里嫩、微苦，尝到了春天。忽然想到好多年前，我买到过一件食器，平平的一片陶，上面写着"春来"二字，十分喜爱，或许就是用来盛"春的天妇罗"。

老太太看到我享受的表情，露出微笑，八十多岁依然很迷人。再看橱窗内的照片，二十多岁的她可谓是日本的奥黛丽·赫本，一直经营料亭，好几代日本政要都是她的常客。其中有一张照片，站在她身边的一位青涩、老实相的青年竟是安倍晋三。

哦，想起来了！这家店的名字叫"美寿寿"，可不是嘛。

春帆楼外吃河豚

在熊本水前寺边的餐厅点了河豚泡饭，上来一碟很精美的豆腐，如同一块羊脂玉牌。我舀了一勺送进嘴里，绵密细腻又嫩滑，介于豆腐、冰激凌、奶油和芝士的口感之间，大呼："欧伊西！"旅日三十年研究茶道的顾雯大姐说："这个叫白子豆腐，猜猜是拿什么做的？"其实我心里有数，装作猜不出，让主人抖包袱。

"是用河豚的那玩意儿做的……"

"哪个呀？"

边上熊大的老教授忍不住说："就是河豚的精液！"

日本河豚看下关，到下关的春帆楼吃河豚是我一愿。从九州福冈的门司港走一条海底通道，步行半小时就能到下关，当地连窨井盖上都是张着鳃子的可爱河豚。当然，下关也是清朝时国人登陆日本的主要港口，损兵折将后的李鸿章泊船在此，下榻春帆楼"媾和"数十日，字字句句订下《马关条约》。

我赶到春帆楼已不是饭点，且要预约，大堂经理颐指气使，我怕他像河豚那样一怒之下便会鼓胀起来，速速退出，吃不吃河豚本是其次，要看看一百多年前那个中日的拐点。

似乎没有资料显示中堂大人当年有没有品尝下关肥美的河豚，按理说下榻春帆楼，伊藤博文一定是殷勤款待。就连谈判桌的椅子也是明治天皇专门让人从皇宫里运过来的，李鸿章与伊藤博文那两把，金丝绒带扶手尤其豪华。又小又安静的纪念馆里那天下午来了好几位来自中国台湾的参观者，家长带着小朋友轻声讲解一二。我站在旁边心生感慨，就是在这里，台湾一割出去就是五十年。

李鸿章还在谈判期间挨了日本极端分子一枪，打穿面颊，为此"赔款"中勉强减了一些碎银子，遂成伊藤博文竖子之名。我曾在蔡老处见过一次伊藤博文的字，比春帆楼挂的这幅还端庄一些，用印一致。伊藤的字写得很强劲，精力充沛，笔墨用得很渴，但不好看；中堂大人的字"海岳烟霞"也挂在边上，老辣、耐看，但是云遮雾盖的臃肿，不精神，诚如两国当时的生命力。

唏嘘之余，河豚还是想吃，于是沿着李鸿章当年散步的小路走回到港口的鱼市觅食。总算找到一家还在供应，点了河豚套餐：河豚刺身、凉拌河豚皮、河豚天妇罗、河豚杂碎饭、河豚骨熬汤，吃完感觉是吃了一顿"河豚麦当劳"。

河豚肝脏有剧毒，杀不得法，食之丧命。江苏扬中自古吃河豚有旧俗，客人动筷前在碗下压上几块钱毛票，意思是不算主人请客，万一吃死了自己负责。甲午一战，竭尽国力的日本终于在春帆楼一招鲜，拼死吃到清国这条大河豚。

　　另及：此文在《中文导报》发表后，顾雯教授说我弄错了，白子豆腐所用的并非河豚的精液，而是精巢与卵巢。我回复说问题不大，反正都是生殖系统，写个饮食短文不必像泌尿科医生。顾教授回复："眼睛跟眼泪能是一回事吗？"

九州三碗面

第一碗面叫"呛嘣"。这个发音日本人也是跟福建人学的，闽南话"吃饭"就叫"呛嘣"。这种面是长崎名物，来者必吃，我住的酒店斜对面就有一家老店叫"江户菱"，开了快六十年，进去点了一碗加料的，端上来其实就是海鲜蔬菜杂烩面，汤鲜得不用说，但我嫌面条软烂。

传说是晚清闽南的留学生，先是自己做来吃，后来传开了。其实长崎是日本最早"一口通商"的地方，来日本的中国移民历朝历代都是先从这里上岸。比如明亡时浙江的朱舜水就是先到长崎，白天上岸活动，晚上回船睡觉，如此三年。"呛嘣"实在就是福建、浙南的海鲜面，说实话闽东福鼎、浙江温州的海鲜面都能甩它几条街。

第二碗面叫"皿乌冬"，也是长崎名物。不要误会，这与粗粗的日本乌冬面完全两码事。长崎有一条著名的新地中华街，基本都是福建老华侨，拜妈祖、拜关帝、牌坊是王震题字。挨着中华街的一个拐角，被我找到一家店，连吃了两次"皿乌冬"。那是一种细钢丝一样的干脆面，上面淋上海鲜蔬菜勾芡的浇头，吃前搅拌一下，浇头慢慢包裹浸润干脆面，口感变得软硬兼容，越吃越好吃，下酒也不赖。

九州人比较热情，长崎人对中国人尤其热情，我那天吃皿乌冬，背后坐着一位日本大叔高田，大中午的正在喝长崎产的烧酒，已经微醺。我们聊了几句，他非要店主拿个杯子，请我喝一杯。走的时候我约他晚上找地方痛快喝，他开心地说"打麦、打麦（不行）"，晚上不敢喝了，明天要早起上班。看来高田不是酒鬼，是纯朴的劳动人民。

日本四个部分从北到南分别是北海道、本州、四国、九州。第三碗面就是我最喜欢的"博多系拉面"，除了长崎是以上两种为主，九州其他地方的拉面基本上都是博多系的风格，从福冈、太宰府到佐贺与熊本，包括连锁品牌"暖暮"与"一兰"，对我来说几乎统统是一个口感的好吃。第一口入嘴，简直以为回到了老家的面馆！面条粗细软硬几乎一样，严重怀疑会不会就是老家传过去的？

在长崎无人问津的市立民俗博物馆里我发现了一张字，作者叫王克三，介绍上说他是浙江平湖乍浦人，同治元年（1862）为避太平天国之乱，举家渡到长崎过了四年，卖字画估计还赚了一笔。我发给嘉兴地方文史学者傅逅勒看，他马上回复其著《嘉兴历代人物考略》中的有关内容，丝毫不差。这是题外话，面条总还不至于是这位平湖人带去的。

离开九州后，旅日学者顾雯教授给我发来一长串照片，让我一定要去福岛县尝尝"喜多方拉面"，其与"博多拉面""札幌拉面"并称日本三大拉面。她说："喜多方拉面你怎么可以不吃？创始人不但是浙江宁波人，而且叫潘钦星！你那么爱吃面，查一查他的家谱吧！"

六角桥鳗鱼饭

别指望本事大的人脾气好。

这句话用在横滨市白乐站六角桥商店街上的茂浜鳗鱼饭老板身上没问题。我结账的时候，一个胖子推门进来，老板不但没有说"欢迎光临"，反而大声说："去外面等着！"我连忙付钱出门，好让胖子进去，没想到胖子又被老板赶出，"座位还没收拾好，急什么！"

六角桥商店街是我到最近电车站的必经之路，是在日本踩过最多次的街，反倒是"灯下黑"，比如这家叫"茂浜"的鳗鱼饭小店，这么多年还是头一遭进。

以前没有光顾还有一个原因，研究虚空藏的佐野贤治老师讲过，日本以海捞为生的人把鳗鱼看作龙，它是虚空藏菩萨的坐骑，是不可以吃的。或许渔民也舍不得吃鳗鱼，卖到城里价钱好，让东京人去买单。总之，有虚空藏信仰者不食鳗，而虚空藏菩萨对应守护的地支乃是丑与寅，所以属牛属虎的人最好不吃鳗鱼，否则人家保护你，你却吃人家坐骑，不合适。去年看到研究室走廊上贴的报纸，是报道佐野老师相关话题的新闻，又说牛年、虎年最好不吃鳗鱼，现在终于熬过了虎年，于是进了"茂浜"开戒。

小店里一股浓浓烤鳗鱼味，晚上还可以"居酒"，一看那些林立的烧酒瓶就知道是附近老头子们的据点，这条六角桥商店街麻雀虽小五脏俱全，从江户时代至今保存了鲜活的日本市井生活。看餐牌，平时的鳗鱼饭午餐定食最实惠，但周末不提供，招牌鳗鱼饭分为"松""竹"两种，"松"更贵，其实两者几乎一模一样，只是"松"的那碗汤里放了一块鳗鱼的肝。第一次来当然要吃全，可惜我这人对腥味的接受度不高，前面几口是享受，吃到中间是美食，最后一半就勉强了，而那块鳗鱼肝更是腥到高潮。可见我这种人就是被烤箱加热的冷冻鳗鱼毒害太深。这家鳗鱼饭之所以叫"茂浜"是因为鳗鱼由浜名湖专供，食材非常新鲜，真正好食鳗鱼者除了追求入口即化的肥美口感，就是要吃这一口生腥。

我观察吧台内烤鳗的炉子，果然错不了，蒲烧！正因为是现烤现吃，所以每位食客坐下来都要等很久才上饭。烤鳗鱼最要紧就是"蒲烧"，现在我们吃到的鳗鱼饭，即便是在日本，十家里有九家都不可能蒲烧，现成加热而已。所谓蒲烧，就是炭火烤，烟熏火燎，全凭烤的人一己之力掌握火候，还要装饭、淋汁，再把饭盒外面沾到的酱汁擦干净。

　　我特别观察了一个蔡澜曾经写过的细节，茂浜的老板也是如此，每一串鳗鱼冒着浓烟，老板都要低头凑近了看，以致眼睛长年累月被熏得通红流泪。为什么不避开烟呢？因为要注意观察鳗鱼的色泽变化，确保烤得皮酥肉嫩的最佳火候。

　　就凭这一手，天天熏、月月烤四十二年，老板脾气大点应该的。

大矶的鲊

数年前刚来日本时，为了看一个关于伊藤博文的展览去了一趟大矶。

沿着东海道本线朝东京、横滨两大城市相反的方向行驶，越来越静美。到那才发现，所谓的展览完全不是我想象中在东京那些博物馆中的大展，而是伊藤博文在大矶一处度假别墅沧浪阁内举办的一个小型图片展，十分钟就看完了。

原来伊藤展只是个前菜。此地接连不断的都是高官巨贾名流们的别墅，只因大矶有绝美的海岸线。我随意闲逛，见一小孔，仿佛若有光，初极狭，才通人，复行数十步，豁然开朗。恍若进入了另一维度世界，连童话都不足以形容，前后左右穷尽视线，空无一人，碎石海滩没有一件人造物，海、岸、天，形成三个纯粹的块面。人事倥偬逾十年的我置身其间，内心喧哗止息，有涅槃寂静之感。

漫无目标地行走在太平洋的海岸线，宁静之外，多少还有一丝杂念浮过，上哪儿去找点好吃的呢？

天色暗下来，我走出海滩，竟幸运地误入了岛崎藤村的"静之草屋"。当时我对这位大作家还没多少认知，只觉他晚年在此定居写作真是高明的选择。沿着作家走过的路，静则静矣，烟火气也少，总算发现了一家叫"浜作"的小饭店。

小店招牌上写着一个"鮨"字，可知是一家寿司专营店。这个生僻汉字音"义"，是日本料理中寿司这种食物的古称。如今中国的日料店也遍地开花，但对寿司的认识却接近于生鱼片加饭团。其实弄反了，"鮨"是一种非常古老的稻米文化圈的食物保存方法。把一时吃不完的鱼用稻米和少量食盐腌制保存，这种鱼略带酸臭。有的地方甚至将煮熟的米饭放进干净的鱼膛内，积在坛中埋入地下。但因为发酵的魅力，使得酸臭中产生一种鲜味。在中国的云南、贵州、广西，以及一些东南亚岛国普遍存在这种吃法，很多人就好这一口。日本学者为了找到本民族的根源，提出过"照叶树林带文化圈"的理论，稻米与发酵食物就在这个圈内。明白了这一点，才能判断所谓"正宗"寿司的滋味。

与其说"鮨"是生鱼片加饭团，还不如叫"米酿鱼"来得更为准确。一直到了市井气很浓的江户时代，"すし"的读音与"寿司"相同，在吹牛拍马的酒席宴会上，"寿司"成为"掌管寿命"的吉利话，从此流行。

这家"浜作"寿司料理店是一对老夫妻经营，丈夫是料理师，看墙上挂的营业执照——料理师松本元美，生于昭和十六年（1941）。快八十了，1979年开了这家店，握了整整四十年的寿司。虽然无缘吃到"寿司之神"小野二郎的寿司，能偶遇这位松本也不错。看他捏寿司的一招一式，说不定每一握上秤大约也是分毫不差。一手捏米饭时，另一手拿着鱼生也在有节奏地摆动，这种制作食物时全身肌肉记忆不自觉发出的节奏感没有几十年工夫是出不来的。鱼肉与米饭之间，还用手指按入了芥末。

我夹起一枚入口，醋饭比以往吃到的更酸，老手。鱼生的鲜美是不必说了，看看边上的海岸就知道。吃得愉快当然要配一壶老牌清酒"月桂冠"，此时屋里食客渐多，都是街坊邻里要了酒闲聊。我借酒盖脸也用蹩脚日语与大家聊天，孤独食客来到了"深夜食堂"。

此后我再没去过大矶，总是怕影响那次的完美印象。岛崎藤村后来就死在大矶，走完了人生长旅。周作人与他有过交往，极仰慕他。

吃斋

老上海人讲三大寺：玉佛寺是车子开出来的（接待外宾多，捐款多），龙华寺是铛子敲出来的（未来佛弥勒道场，专事超度亡魂，殡仪馆也在那一带），静安寺是面碗端出来的（市区人流量大，中午食客多）。静安寺的素斋、素点越做越考究，前些年朋友请我去享用了一次，简直是素食中的盛宴。

我在厦门大学图书馆看书，中午常常滑脚到对门的南普陀吃个斋饭，一人份的套餐反倒比一桌子的素宴吃起来香，难怪鲁迅先生当年在厦大时也很好这一口。

古来艳说章台事，荆州楚王古章台2500年的楚梅边有个莲心素食茶馆，里面做的萝卜和藕让人难忘，荆州人称"南湖的萝卜，北湖的藕"。

比之这几处佛门素食的精雅，倒是在成都道观青羊宫吃的道斋朴实，不锈钢盆里的菜有点像街边大排档的小炒，有滋有味，不过都是素食罢了。现点现炒的话需要等一会儿，鱼香茄子、香菇炒面筋、空心菜、菌菇汤，三菜一汤不足百元，够三人食。汤特鲜美，其中用面筋做成的丸子远赛肉丸口感。道教分"正一"与"全真"两大派，正一派不禁欲，全真派与佛教一样重斋戒。拜过重阳真人及全真七子，心安理得坐下来吃斋，挽救被火锅摧毁的肠胃，狼吞虎咽，无量天尊。

许多年前的一个机缘，宁波鄞州的篆刻家史晓卿与当地民宗局的同志陪着我访谈天童寺的诚信方丈与阿育王寺的界源方丈。午饭在阿育王寺用斋，界源和尚是高僧，生活简朴好饮茶，他戴着个斗笠，风尘仆仆赶回寺里陪我们用斋。斋菜吃了不少，主食端上来一大盆面，我早就吃饱，方丈站起来为我盛了一碗，碗是寺中的大碗，我感激不尽，努力吃完。一不留神，他又给我盛了一碗，这可吃不动了。界源笑眯眯地说，进了你碗里的东西都是你的福气，各人的福气需得各人去珍惜，吃饭要惜福。从此，我便有了努力惜福的观念。

后来，在日本读到道元开悟的始末，我才恍然大悟，当年在阿育王寺吃了一顿饭，意义是多么重大。

典座

　　日本饮食文化与茶道史学者熊仓功夫认为，日本第一个试着站在人类存在观点上思考"吃"这个问题的人，是镰仓时代的禅僧道元。道元是日本曹洞宗的开山祖师，他与临济开山茶祖荣西禅师有师承关系，于1214年拜谒荣西，入于宗门。在吃茶的问题上道元也是宗师级别的，如今京都建仁寺中荣西种下的一片古茶园边上就有道元纪念碑。

　　日本贞应二年（1223），道元来到中国，游历江南天童寺、阿育王寺、径山寺等，其曹洞法脉正是从天童寺继承而来。临济如严父，曹洞如慈母。慈母当然比较关心吃饭问题。道元返回日本开宗立派之后，花费很大的精力指导禅寺中掌管供膳的典座，不仅写下了《典座教训》（成书于1237年），还撰述《赴粥饭法》（成书于1246年），指定饮食礼法的规矩。

　　道元显然是从吃饭这个问题上悟出了大道理，在他的《典座教训》中记载了一位阿育王寺的老典座，可其人法号不得而知，有点像金庸小说中的扫地神僧，无所谓名号。

那是南宋嘉定十六年（1223）的五月，道元刚刚渡来中国，船就停泊在庆元府（宁波鄞州）的港口。他正与船长交谈时，一个老和尚径自进入船中，询问他们可有日本产的香菇？道元见到僧人很激动，就请这位老和尚吃茶聊天，得知原来他是阿育王寺的典座。老典座说，他是从蜀地而来，游历各地丛林，到阿育王寺时已经六十一岁，却被充为典座。他非常珍惜这个工作，每天努力为僧人做饭。端午节快到了，他想做出美味的乌龙汤面供养大众，一定要找到上好的香菇来熬汤。道元想留典座吃饭，且回寺路远，建议他留宿一晚。老典座却已买到香菇要赶回去了。走之前道元实在忍不住问了一个问题：为什么如此高龄，不坐而辩道，读公案谈机锋，反倒去做典座这么繁琐的工作？日日准备斋饭能有什么好处呢？老典座大笑道："你是外国来的客人，还不懂何谓辩道，何为文字！"道元面红耳赤，略有所悟，追问下去也难以了然，于是老典座说欢迎他上阿育王山再详谈，转身离去。

此后道元来到与阿育王寺相距不远的天童寺，那位老典座又来看他，经过交谈道元终于开悟，他称为"来自典座的恩惠"。与这位烧饭和尚的偶遇，使道元对禅法修为有了更深刻的认识。自此，道元遂对斋粥之事采取严正态度，虽一米一饭亦不许浪费。他写的《赴粥饭法》中也有严格的寺院饮食礼法规定，今日依旧为禅林遵守，对世俗社会也产生影响。烹调是修行，吃饭也是修行。所谓：佛道同食，食同佛道。

饭头

长兴寿圣寺、吉祥寺的方丈界隆法师跟我讲过他出家的始末。二十世纪九十年代，他去苏州旅行，在西园寺吃素面，管厨房的师傅说他与佛有缘，还给他留了一个电话号码。后来他果真在上海圆明讲堂出家，明阳老和尚让他去天童寺做广修老和尚的侍者，但广老简朴的很，不要人服侍。界隆就去找当时天童寺的大知客想重新找个事情做。这位大知客就是后来阿育王寺的方丈、给我盛了两大碗面条的界源法师。界源就派他去烧菜。界隆和尚出家前是上海公安刑侦大队的，后来又在外企工作，现在跑去厨房烧菜，反倒觉得很舒服。但是上海人烧菜要放糖吊鲜味，寺里多是北方来的和尚，吃不惯甜口。于是界隆只好去烧饭，当了天童寺的"饭头"。

饭头可不是好当的，面对一口巨大的铁锅，每天要管八九十人吃的饭。以前寺院吃的是百家米，化缘不能挑，你家米缸舀五碗，他家米缸舀十碗，有糯有粳，有整有碎，有新有陈，都混在一起。一开始烧出来的饭有软有硬，好不容易烧好了，发现一个大问题，铁锅柴火饭免不了要起锅巴，锅巴没人吃。

　　界隆就想办法把锅巴再加工，还是没人吃，因为吃了要上火，不利于修行。他就每天研究，反复试验，终于攻克难题。先把锅烧热，舀一勺油在锅内荡一下，米淘好后要先充分浸泡，等烧的时候要注意，烧到发现锅盖边开始冒热气时就马上把柴退出来，只用余火焖，到差不多的时掀开锅盖拿铁铲兜底翻松，从此烧的饭就没有锅巴了。

　　界隆和尚这位"饭头"与道元一样，饮食圆融，成为当代禅茶的代表僧人。时隔八百年，同样是在天童、阿育王两寺，烧饭依旧是修行。

　　"饭头"这个话题还可以往前追溯。少林寺二祖庵的庵主延勇法师曾来信嘱咐我留心道元的资料。我问缘由，果然是"拳出少林，剑归华山"，据《传灯录》载，清了禅师登钵孟峰（即二祖庵）开悟后，往谒丹霞子淳禅师而得印证，并付曹洞宗法卷。延勇给我看了法脉，正是这位长芦清了传衣钵于天童宗珏，天童宗珏传雪窦智鉴，雪窦智鉴传天童如净，天童如净传永平道元。

　　说到少林寺，火头僧法力无边。《河南府志》载，元朝至正年间，少林寺中有一位行者，既非典座，也非饭头，只是个做厨房杂务的火头僧，形貌平凡，不善言辞，少与人交往，甚至无人知他名字。元至正十年（1350），红巾军突然对少林寺发动攻击，寺中僧众陷入困境。危急时刻，这个火头僧冲出山门，身形突然增长数十丈，站立在山峰之巅，厉声喝道："我乃紧那罗王！"红巾军溃逃，少林寺免于大祸，这位火头僧随后圆寂。从此，少林寺伽蓝殿供奉紧那罗王为护法伽蓝菩萨，又称"监斋使者"。这个故事还被金庸改写进了《倚天屠龙记》。杭州拱宸桥附近也有一座香积寺，主要供奉紧那罗王。

越是籍籍无名者修为越高，越是粗食越有本真的味道。人生境界所贵者不外有所作为而无所期许。籍籍无名与粗茶淡饭是配套的，是有所作为而无所期许的，如此，才会充实而宁静。

八百年前，道元禅师在天童寺用完午斋走过东廊，看到天童寺的典座在佛殿前晒苔，他"手携竹杖，头无片笠，天日热，地砖热，汗流徘徊，励力晒苔，稍见苦辛，背骨如弓，龙眉似鹤"。道元过去问典座法寿，回答已是六十八岁。

道元问："为何不找个人来做？"

老典座答："他不是我。"

道元又问："大中午的日头实在太热，何苦现在做呢？"

老典座答："更待何时？"

大德寺铁钵料理

日本京都大德寺的名气之大，在茶道界可谓如雷贯耳。因为千利休就曾在大德寺里做居士，在他还活着的时候，有人为他做了木雕像，放在山门金毛阁上。丰臣秀吉来大德寺后听说此事，觉得自己竟然从千利休的脚下走过，怒不可遏，赐他切腹。

还有一件事也让大德寺出名——一直有个讹传，说中国宋代高僧圆悟克勤有一张"茶禅一味"的墨迹在寺中。

我与老金夫妇同游大德寺，木雕像是真的有，可是不开放。"茶禅一味"的墨迹则是子虚乌有，当代的倒是看到一张，看落款，居然还是老相识杭州李茂荣先生写的。充满禅意的枯山水看多了，肚子也枯，中午就在偌大的古寺中努力寻找另一个有名的存在——铁钵料理。

我正在看一块漫漶不清的古碑，是《源氏物语》作者紫式部的碑，上面趴着一只色彩绚丽的昆虫，正要发侘寂之幽情，老金大呼有饭吃啦！原来路过一小片茶庭就是为客人供应铁钵料理的食寮，名唤"仙泉"。

所谓铁钵料理就是一种"精进料理"，前者是特指，只有大德寺有，后者是泛指僧院的斋饭。

大德寺的铁钵料理是从奈良时代开始的，由一位叫云水的和尚托钵乞食而来，化缘的食物主要是米、麦、味噌及蔬菜，行脚途中，铁钵可以烧煮食物，怎么简单怎么来。僧侣们的日常饮食只能摄取最基本的量，精进料理的"精进"不只是斋戒，更是一种精神修养的方式。简单来说就是避开美食，吃些原汁原味的粗食，谓之"精进"。

而眼前一道一道端上来的美食已经是艺术品级别，餐具是以木胎朱漆制成的钵，从大到小依次七个，再加一只汤碗与一只酱油碟。全部吃净后，将钵碗相叠可成一座七级浮屠，妙哉。

至于所食为何物，因为制作精美，很难一眼分辨。作为素食无非是米、麦、豆制品、魔芋制品及蔬菜。诸如用白芝麻与豆腐拌和（称为"白和"）的蒟蒻与琉球芋，切成细丝之后卤煮至香咸的昆布（海带），烤豆腐煮过之后放上烫好的水菜，再撒上山椒烹调，等等。

从中国传来的禅宗是精料理发展的决定因素，随着镰仓五山的临济宗与曹洞宗在日本的兴起，宋朝的饮食文化通过中日的各位高僧传到日本。宋代的末子茶由荣西传入，大兴特兴，这才成就了日本"茶禅一味"的宗教观念。饮与食不可分割，与之配套的料理自当精进，以豆腐为代表的大豆料理是一切素食的精要所在，直到现在京都最好吃的美食也必须得数豆腐。小麦文化妙趣横生，能够轻松做出口感细腻的粉类食物与豆汁，魔芋也能做成各种形态与口感，这些都进一步扩大了精进料理的范围。

做点比较。1581年，大德寺真珠庵举行了一休宗纯百年祭，宴会上的精进料理分为两个部分，前半部分是垫胃的药汤，后半部分是斋食。菜肴与小菜共七道，所谓"七菜之膳"。饭与汤不在七菜之列，汤有两种，一种是蔬菜汤，一种是不知内容的冷汁。这种形式基本被延续下来，与我们品尝的铁钵料理几乎相同。

十八世纪中期，日本茶道中形成了怀石料理，即源自于此。从《不审庵茶会记》中可以看到表千家七代如心斋宗左在享保二十年（1735）十月二十三日提供的精进怀石料理单，样式四百年来几乎未变。寺院的精进料理影响到茶道的怀石料理，进而影响到世俗饮食，从而逐渐形成了所谓日本料理最典型的形态——京料理。

老金是不在乎理论的，反正一条舌头尝到底，这么美的精进料理怎么可以没酒？金夫人笑话他吃斋怎么能饮酒！老金反驳说明明菜单上有清酒的照片。日本寺院的戒律还真是任性，果然有大德寺特制的清酒出售，名为"雪紫"，清冽芳醇，岂容错过。反正庙里喝的酒都是素酒，粮食都是素的嘛！

酒罢又送上抹茶，分外啜苦咽甘。

傍晚逛入大德寺中的大塔头黄梅院，这可是织田信长让他的小弟丰臣秀吉建的。里头有千利休做的庭院，我看着觉得有点乱，不敢说。偶遇方丈太玄法师正在为游客写字，一万日元写一张小卡纸，听说我是中国茶人，不仅不收费，还给我们每人送了一张。八十几岁的胖大和尚，双目炯炯，握手非常有劲，还拉着我们在不让拍照的方丈庭院前合影，他说自己出生在奉天（辽宁沈阳旧称）。感动之余，想到他天天吃这么考究的铁钵料理，的确精进。

有没有认真思考过，准备好精美的饮食之后大吃一顿，究竟有什么意义？这个问题其实是和尚吃饭前必须思考的。

讹传中的"茶禅一味"墨迹据说是圆悟克勤传给大德寺临济祖师一休宗纯的。大师的墨迹未曾得见，我倒是看到一休哥对吃饭问题留下的思考：生死事大，无常迅速，光阴可惜，慎勿放逸。

摩德纳香脂醋

品了数种意大利葡萄酒后，我第一次尝到来自意大利摩德纳（Modena）的香脂醋。

我这人不爱酸，山西醋、镇江醋都令我头皮发麻，南湖香醋很单薄，配蟹、春卷、烧麦时我能接受。这摩德纳的香脂醋，犹如凝脂，黏稠醇厚，仅一滴就芳香四溢。

醋古称"醯"，与酒本就同宗，酒酸成醋。南欧的醋多是葡萄酒醋，先酿成葡萄酒，再转化成醋。而摩德纳醋是以葡萄汁为原料直接酿造，发酵时间要漫长得多。时间使其昂贵。

品尝的这款BALSAMICO香脂醋是三十年陈，一小瓶子（100毫升）的售价大约是200欧元。在原产地还有同款五十年的顶级陈醋，售价约500欧元，富有的中国食客尚能购得少量留存的三十年陈，五十年的据说很早就被日本人买空了。

摩德纳香脂醋的名贵不是被炒作的结果，知道的人也并不多，那是从中世纪就有的奢侈品。当时是意大利北部这座城市领主私家厨房里世

摩德纳香脂醋

王辉 绘

代相传的美味，不对外销售，偶尔馈赠给其他贵族。"二战"之后，工业化生产开始了。

配着淡奶酪尝一点，再尝一点，酸中带甜，果香馥郁。醋也可以醉人。飘飘然看着屋内悬挂的北岛自题的诗句："一切语言都是重复，一切交往都是初逢。"

龙井虾仁

在杭州，四月是喝明前龙井茶、吃龙井虾仁的月份。到西湖边大名鼎鼎的楼外楼品尝龙井虾仁，上菜一看，水准还在。

关于龙井虾仁一般都有疑问，究竟是放龙井茶的鲜叶呢，还是放冲泡后的茶叶？究竟是虾仁炒完出锅后撒上茶叶呢，还是茶叶也要一并入锅？回答这个问题就要先说龙井茶。

杭州西湖龙井茶最核心的产区是狮（狮峰）、龙（龙井）、云（云栖）、虎（虎跑）、梅（梅家坞）五个字号，杭人称为"本山龙井"。有"本山"，就有"外山"，龙坞因产量大，后来也被纳入西湖龙井茶原产地保护区。再往外就是杭州下辖萧山、余杭、富阳、临安、桐庐、建德、淳安等几个区县，所产龙井称为"钱塘龙井"。继续往外就出了杭州，绍兴、新昌、嵊州、诸暨等地的龙井产量更大，称为"越州龙井"或"浙江龙井"。再再往外，理论上不能再称"龙井"，但实际远至贵州、广西，茶叶做成龙井茶"扁炒青"造型的比比皆是。

从时间上说，正宗杭州本山龙井讲究社前、明前、雨前"三前摘翠"：春社之日前的实在太嫩，不成气候；清明前的最受欢迎，售价也最高，即"明前茶"，送礼顶有面子；往后的雨前茶，就是大约每年4月20日谷雨节气前的茶，其实滋味更加饱满。再往后成了夏茶，懒得采了。

因此，三月中至四月中，也就一个多月的时间里，龙井茶是有鲜叶的，做龙井虾仁正当其时！之后的近一年里要吃这道菜，厨师就只能用炒成的龙井干茶冲泡后代替鲜叶了。

杭帮菜分两派，一是以制肉菜为主的"城里帮"，一是以制鱼虾为主的"湖上帮"。湖上帮宗楼外楼，但龙井虾仁乃是解放前天外天的名厨阿毛（吴立昌）所创。当年杭州城"雅园"生意清淡，老板为了扭转乾坤改名"天外天"，并创新菜品。那正是一个四月，大厨阿毛家前后龙井吐芽，他采了一把撒在爆炒出锅的河虾虾仁上，清新可爱。

河虾剥出虾仁，抽了背上筋，在龙井茶水中浸泡，然后捞出沥干，还要略施薄芡。龙井鲜叶放在虾仁之上，不过是着色而已，并不入味。我舀了一大勺送入口中，仔细品味，终于恍然大悟。龙井鲜叶与虾仁同嚼，清香顿时弥漫口鼻，茶叶的鲜爽与虾仁的鲜香相得益彰，而茶叶的微苦与微涩恰好中和了虾仁的滑腻。这其中的微妙滋味，若用干茶冲泡后的茶叶则过矣。

当年的四月，天外天这道龙井虾仁一盘内不过几片嫩茶芽，而每日能用去龙井鲜叶二斤。

茶叶蛋

"造原子弹不如卖茶叶蛋",这句民谚已成历史的尘埃,但茶叶蛋还是香呀!因茶叶作为调味料而能成名者,估计没有超越茶叶蛋的。

央视找我拍一期杭州茶文化,其中的文本选了汪曾祺的《寻常茶话》。汪公的散文,言味意趣不但妙,且藏得深。他所谓"寻常",其实尽量写出许多并不寻常的茶话。其中多有以茶入馔之处,比如提到尚长荣用龙井茶包饺子,自己试煮茶粥,当然也提到了一句"太次的茶叶,便只好留着煮茶叶蛋"。

正是为着这句话,编导安排我到杭州萧山与诸暨接壤的欢潭老街上拍一个吃茶叶蛋的镜头。阿姨提前一晚准备了一大锅"龙井茶叶蛋"。粗老的龙井茶本就高香,煮出的蛋,更是香飘半条"萧绍古道"。阿姨说里面还要放些梅干菜,吊鲜、增味,那是越地茶叶蛋特色。蛋壳要一只只敲碎,入味、着色,剥壳后显出冰裂纹。茶叶的清香驱除了蛋腥,又中和了蛋白质与胆固醇的腻。

导演每"咔"一次,我们就得再吃一个,一连吃了三个,让我想起

陈佩斯的小品《吃面》。可我边上的小胖子吃了四个还想吃，足见白煮
蛋与茶叶蛋的区别。

我最初在老家吃到的茶叶蛋是自家用粗老红茶煮成，并无好感。印
象深的是十多年前在临安城里一个超市门口煮的五香茶叶蛋，简直香飘
十里，大约与临安多产好茶不无关系，据说还加了肉桂等中药材。武夷
山天心岩那几株价值连城的"大红袍"母树对面，有卖"大红袍茶叶
蛋"的，游客排队去吃。从此我知道，凡是焙火后的茶叶，如闽北乌龙
一脉，尤其将那些焙火过头、焦黑如炭的茶叶煮蛋，香、味更为超群。

后来我们依此法回茶文化学院试制，拿筒骨熬汤做底子，用武夷岩
茶或凤凰单丛再焙火后入汤，多放香料及砂糖，卤过夜，那茶叶蛋高
香、肥腴、鲜美，蛋黄起沙，可以入茶宴。常人能连啖三五枚，非常人
不计其数。

为了央视的这次拍摄，我专门致电老作家陆明先生，他年轻时与汪
曾祺有交往，对茶与美食有"一式一样"的理解，可以接通文史。汪老
在文中说自己1947年时到杭州虎跑，花一个大洋喝了一杯龙井茶。陆明
年轻的时候也曾跑到那里花了一元钱喝了一杯。都是花了大价钱，买了
人生中难得的青春的惬意。

汪曾祺又忆幼年尝过祖父紫砂扁壶中香酽的龙井茶，从此每喝龙井
就想起祖父。陆明先生告诉我，汪公祖父是"拔贡"，大地主、学问

茶叶

蛋

小惬桑顾

辉

茶叶蛋

王辉 绘

好，亲授孙儿启蒙之学。汪曾祺幼年丧母，祖父疼他，继母对他也好。十来岁离开高邮，阔别了大半生，即使《沙家浜》威名远播时，他也与老家互不通信。直到二十世纪八十年代，时过境迁，汪公回乡，年迈的继母尚在，见面第一件事，跪下磕了三个头。陆明说："他们苏北规矩大！"

扯得远了，又是龙井茶，又是茶叶蛋。茶人附庸风雅惯了，动辄"琴棋书画诗酒茶"。而茶里终归要有下脚料，有粗老、陈年的茶叶，低到了"柴米油盐酱醋茶"的极点，低到尘埃里还要开出花来——是茶叶蛋。

糌粑酥油茶

阿斯尔坚持要为我做一顿地道西藏寺院风味的糌粑与酥油茶。

第一次陪他到敦煌那年，他千里迢迢带上了各种食材，严冬酷寒，后备厢里的奶制品冻得铁硬，提前一晚放进酒店房间，准备次日早晨享用。早上起来发现没带碗，小旅馆里又借不到，他硬着头皮把刷牙杯涮了三遍，沿着杯壁捏了一团糌粑非要给我吃……

第二次到敦煌，他发誓真要好好做一顿，碗管够！于是，我们开车两小时前往肃北蒙古族自治县，疫情期间，高速公路上全程无车。肃北一共也就一万二的人口，县域面积却有六个杭州大。此地北与蒙古国接壤，是甘肃省唯一的边防县。党河切开大峡谷，前途被昆仑山的支脉当金山挡住，抬头见雪山，脚下有陨石，通不到别处，过路人也稀少。找个老乡问路，老乡说："啥？你们从敦煌来这地方胡日鬼（西北方言，意为游手好闲，不务正业）！"老乡不知阿斯尔的良苦用心，只有这地方才能买到真正好的食材。

果然，我们在当地的农贸市场找到了牧民的好货！上好的酥油50

元一盒，一大锅奶就出一层的奶皮子18元一张，白色的奶酪碎40元一袋，还有一小袋黄褐色的，竟是牛初乳制成。还有刚炒成的热烘烘的青稞面。

大师开始熬茶了，不过是改良版。先把浓浓的黑茶汤倒进锅里煮，放入奶酪碎，再倒入鲜奶（他手头只有蒙牛盒装奶）。浓浓的奶茶熬好后舀一勺到碗里，放点酥油，微微泛红的奶茶上漂浮着乳黄色的油花，将酥油轻轻吹开，吸溜吸溜喝下半碗烫奶茶，额上微微发汗。

接着从饮过渡到食，把青稞粉放进茶汤，撒上奶酪碎与砂糖，用手搅拌揉捻成固体。糌粑里混合了奶酪碎，下口有颗粒感，不单调，又因酥油的缘故，想象中的粗粮其实非常细腻。奶、茶、油、粉四者混合，边喝边吃边捏边搓，就凭一只碗。

中国历代销往边疆的黑茶基本都紧压成砖，主要是三路：产自湖北赤壁的青砖大多销往内蒙古以及俄罗斯等亚欧国家；产自陕西泾阳、湖南安化的茯砖大多销往新疆；产自四川雅安的康砖（藏茶）大多销往青藏。手头这三路砖茶都没有，我用的是来自云南勐海拉祜族茶人老曾的古树熟普。

蒙古族朋友用拉祜族的普洱熬藏族的酥油茶，是民族大融合的味道。

英式下午茶

老牌英式下午茶的几种要素是：红茶、糖、牛奶、三明治、司康饼、甜点，以及戴帽子的女人。

几年前专门从事90后文艺青年公众号的小颜同学请我做一期节目，约我在杭州西湖附近刚开的"嘉里中心"见面，请我喝英式下午茶。我们在一家英伦味十足的下午茶店坐下。很好，以上列举的要素都有了，但我不需要司康饼与三明治，文艺女青年也胜过英国贵妇。

"潘老师，我想请您聊一期下午茶的话题。"

"董桥写过一篇《中年是下午茶》，好玩得要命。"

"不不不，我们是青年，不聊中年话题！"

"1840年，中英爆发鸦片战争，也叫'茶叶战争'。同一时期，英国人正式形成下午茶习俗。他们迷上的红茶一开始全部来自中国，为了扭转贸易逆差，向我们输入鸦片，逐渐撕开战争序幕……"

"嗯，这些历史太沉重，有没有年轻人感兴趣的？"

"那就直接喝！英国人最早喝的大多是武夷山出产的小种红茶，后来他们在殖民地种成了茶叶，于是印度阿萨姆红茶大量登场，品质最好的是大吉岭的。中国人品茶讲究纯料，每款茶产地、年份、山头各不同味，英国人却把茶叶切碎、拼配，追求品质、口感的统一。"

"茶汁一次性就浸出，容易苦涩，难怪要加奶和糖。那到底先倒茶还是先倒奶？"

"这其实是茶具的问题。英国底层民众一般都用釉陶茶具，不耐高温，所以先倒冷奶，再倒热茶。贵族们用银茶具或是骨瓷茶具，当然就先倒茶了。英剧《唐顿庄园》把维多利亚时代的生活还原得一丝不苟，有一集里一位平民代表受邀到庄园喝下午茶，虽然用贵族茶具，她还是坚持先倒奶，以显示平民立场。"

"那为什么放那么多糖？"

"往小了说是口味问题，16世纪时，德国旅行家见到六十五岁的伊丽莎白女王，鹅蛋形脸平和美丽，眼睛小而乌黑并显得亲切，鼻子有些钩，嘴唇薄，但牙齿发黑，就是因为吃糖太多。往大了说是世界格局。英国为了糖控制南美的种植园，为了获得茶叶入侵中国、控制印度，为了黑奴占据非洲，形成三角贸易。优雅的下午茶把世界折腾出了全球化。除了在茶里加糖，三层点心盘子也有套路。盘子从下到上依次缩小，最底下放三明治，不甜，管饱。中间一层放司康，是一种鸡蛋、黄油、面粉烤成的饼，低油低糖。上面最小的盘子里放最甜的甜点，有时甚至直接是'糖雕'。几百年前，糖和茶叶都是奢侈品，放茶叶的盒子都带锁，女主人亲自管钥匙！"

"因为女人爱吃甜食！恰好英国又有好多'女王'。"小颜听得来劲了。

"没错，下午茶可以算是女性主义的一种象征！17世纪中叶的凯瑟琳是英格兰第一位喝茶的王后，她是葡萄牙公主，嫁给英王查理二世，茶叶当嫁妆，从葡萄牙带到英伦，马上成为宫廷时尚饮品。相比于咖啡和巧克力，茶更适宜与蔗糖混合。茶与糖的结合所向无敌，并且还从此取代了主流饮料淡啤酒，老百姓不会再醉醺醺，而是充满了力量。对于穷人，特别是来自乡村的工人，下午茶并非享受闲暇，加糖的茶是最早的工作间歇饮食，'茶歇'补充体力、使人放松，终于被他们搞成了工业革命……"

小颜优雅地端起骨瓷茶杯，啜了一口"格莱伯爵茶"，那是一款英国经典口味，在红茶里添加了柠檬香油。

"您怎么不喝？"

我说："这茶我闻了就头晕。"

"呃……听说对面弄堂里有爿小馆子，做地道绍兴菜，有一个臭豆腐蒸羊脑超赞，要不晚饭试一试？"小颜眨巴着大眼睛。

"哎呦！那咱就别在这装优雅了，赶紧占位子去吧！"

俄国茶炊

那年在俄罗斯，朋友瓦罗佳为我们淘到两只老茶炊，一只是沙俄晚期的，一只是苏联早期的。王旭烽老师带走了"沙俄"，我则携归"苏联"。

俄裔大导演尼基塔·米哈尔科耶夫的电影《烈日灼人》中，一家人在和煦的阳光下围着茶炊喝茶吃饭的场景让我印象深刻。因为那与我在莫斯科特列季亚科夫美术馆中看到的一幅油画场面简直一模一样。那不仅有历史感与民族性，还让人充满食欲。

俄罗斯人第一次接触茶大约是17世纪，那是蒙古可汗回赠沙皇的礼品，无疑是中国茶。沙皇很喜欢，于是茶很快进入俄国贵族生活，莫斯科商人就开始做起了从中国进口茶叶的生意。茶叶从武夷山、江南茶乡开始，到湖北羊楼洞，通过长江枢纽汉口，再由晋商的驼队穿越蒙古草原，到边境的茶叶集散地恰克图，入西伯利亚的伊尔库兹克，最后到达圣彼得堡与莫斯科。这条路线被称为"万里茶道"。

18世纪，俄国人发明了一套吃茶的习俗。天寒地冻的俄罗斯，喝茶与吃饭合而为一，传统的俄国人用盘子喝茶，与喝汤无异。而最要紧的是茶汤要保持滚烫，因此他们发明了经典茶器"茶炊"，喝茶方式也可以倒过来称为"炊茶"。

普希金在诗中写到的黄铜茶炊闪闪发光，成为俄罗斯文化的某种象征。茶炊成为每个俄罗斯家庭必不可少的器皿，它有点像中国人涮羊肉的铜火锅，中心圆筒中加炭，保持燃烧，圆滚滚的肚子里烧水，下方有个龙头出水，顶部坐一把茶壶，里面是茶汤，不仅保温还可以随时续上热水。

在莫斯科友谊大学，俄罗斯教授请我们喝茶，配茶的餐点是一种类似华夫饼的蛋饼，配上奶油、蜂蜜、樱桃，还有一种红宝石一样的小浆果，我尝一颗，其酸无比。最怕酸的我竟然把那一串浆果全吃了，那个酸味配合奶油的甜以及浓茶的涩，感觉非常奇妙，令人欲罢不能。后来查出这种浆果叫茶藨子，分成红色与白色两种，在俄罗斯很有名。

伊尔库兹克茶博物馆的帅哥馆长也请我们吃了一顿地道的俄罗斯茶餐，很简单，茶炊以及面包圈。那种干巴巴的面包圈能保存很久，拿根绳子串起来可以戴在脖子上慢慢吃。茶汤盛在盘子里，面包圈蘸着茶汤，大家在西伯利亚漫长的寒夜吃得稀里哗啦。

藕公的螺蛳与新茶

吴藕汀先生曾作《廿四节候图》，一个节气一张画，画上是时令清供与他的诗作。其中"清明"的风物是桃花、茶壶、茶杯、螺蛳。诗曰：

晚食螺蛳青可挑，无瓶红蓼小桃妖。

清明怅望双双燕，社近新茶云水遥。

落款"丙子二月十七日清明吴藕汀并题"，那是1996年。藕公的画得黄宾虹的笔意，字如曲鳝，晚年更是人书俱老。

桃花、螺蛳、明前茶。这个组合又古意又江南又春天。通感是一个"鲜"字，桃花是"鲜艳"中取一个鲜，主色彩；螺蛳是"鲜美"中取一个鲜，主滋味；明前茶是"新鲜"中取一个鲜，主情感，同时也包含了色、香、味。

我祖母常说"正月螺，抵只鹅"，以吴语念出，螺、鹅押韵。在江南其他一些地方亦流行"清明螺，赛只鹅"的俗语。其实，从正月到清明这百来天里，都是螺蛳的最佳食用时节。清明前后嗍螺蛳，远胜山珍海味。这个时节螺蛳还未繁殖，最为丰满肥美。螺蛳食法颇多，可加葱、姜、酱油、料酒炒食，略加白糖，谓之酱爆。也可煮熟后挑出螺肉，拌、醉、糟、炝，无不适宜。还可以鲞鱼炖螺蛳，鲜是鲜得来！螺蛳蜿蜒，头有肉而坚韧，嗍螺蛳还能嗍出一点清贫人家的乐生精神。

诗的末一句"社近新茶云水遥"，讲头就多了。

早在唐代，一到惊蛰湖州顾渚山就有茶农夜半上山击鼓喊："茶发芽！"卢仝诗中写得生动："天子须尝阳羡茶，百草不敢先开花。"为什么对茶要如此性急呢？

说是帝王要用新茶祭天，国之大事，唯祀与戎，负责贡茶的官员谁敢怠慢。这是为公，其实也为私。寒食与清明相连，天子与皇亲贵胄们几天冷食吃下来，最期待一碗热腾腾的新茶。此时如愿以偿，龙颜大悦，从湖州、阳羡顾渚山贡茶院到长安，整个以贡茶为纽带形成的产业链及官僚系统，日子就好过了。

因此，中唐以后贡茶连同银瓶贮泉，八百里急递，年年如此，远胜过杨贵妃心血来潮吃一回荔枝。当时的吴兴太守张文规有诗《湖州贡焙新茶》：

凤辇寻春半醉回，仙娥进水御帘开。

正月螺抵只鹅

王辉 绘

牡丹花笑金钿动，传奏吴兴紫笋来。

这岂不是与"一骑红尘妃子笑"遥相呼应？

藕公曾在湖州南浔嘉业堂藏书楼坐了大半生的冷板凳，顾渚紫笋茶想必是喝到过的。晚年回到嘉兴仍很清贫，不过总归能够赏着桃之夭夭，嗍嗍螺蛳，品品明前茶，写出江南惬意的画面。东坡有句：

寒食后，酒醒却咨嗟。
休对故人思故国，且将新火试新茶。
诗酒趁年华。

貌似轻松的排遣，其实是千帆过尽，岁月沉淀出的旷达与超脱。而我终究被春天的美好风物所打动，而差点忘了清明是要祭拜故人的。

听大姑说起过，我的祖父很爱吃螺蛳，主要是用它过老酒。在艰难的岁月里，能吃到的荤腥只有老宅门口河浜里摸来的几粒螺蛳，过下一碗酒睡得沉，第二天才能恢复体力做重活养活一大家子。祖父已故近四十年，于我的印象也不过儿时老屋墙上遗照中那对殷切的目光。

藕公的题画诗中原本透着隐隐的忧伤，怅望着双燕斜飞，茶的淡远也如生死相隔的云水之遥了。

阿育王寺吃茶

十多年前我走过题着"东震旦土"的牌坊，仿佛有一种从古印度阿育王时代突然穿越至东土震旦之国的感觉。有缘拜访宁波阿育王寺方丈界源法师，进了幽静的方丈殿。清末的古建筑，雕梁画栋，虽是盛夏，但背后就是山壁，传来阵阵清凉。殿内竟没有什么现代的陈设，感觉像是身在一位旧时普通的山民家里，连个空调都不装。

大和尚是一位茶僧，请我入座吃茶。他不仅只是喜好饮茶，年轻时还亲手种茶、制茶。如今，喝茶作为僧人打坐修行过程中的一项仪规，更为其所重。

界源是福建福鼎人，从小就随父母吃素，乡人都持因果论，却不知"了生死"。"文革"时期，福鼎的僧人都被集中在一起，不能穿僧衣，到一个叫坪岗茶场的地方种茶。他们种茶、做茶，都是手工，每年清明采两百斤鲜叶，晾茶、炒茶、揉捻、焙火，做好了挑到茶场卖，一斤两块多钱，此外，还种一点番薯，所有的生活就是靠这些。后来政策宽了一点，僧人们可以做早课了。慢慢地，这个坪岗茶场就改成了坪兴寺。1978年，界源就在那里落发出家。

界源主张僧人以修行为重，而茶就是帮助修行的，须入仪轨。

下午四点半吃晚饭，五点半禅堂起香，跑香一刻钟，开始坐禅。一坐下来就要喝茶，而且茶要好、要浓，但最多只能喝三小盏。这是要把精神吊起来不打瞌睡，但这一炷香最长，要两个小时，中间不能断，不能上厕所，所以茶要浓而少。

七点半开禁，起来跑香，这个时候可以吃一些点心，因为很多僧人为了坐禅时肚子不难受往往不吃晚饭。

八点十分再坐下，至九点开禁。这时就可以尽量多喝茶，能喝多少喝多少，因为这两三个小时下来，火会上来，容易走火入魔，茶可以清心降火。这次茶喝过后再坐一炷香，大约四十分钟左右，之后便结束晚间的修行了。

茶禅一味是佛教中国化的标志，其中奥妙，既是调身也是调心。中国佛教丛林制度及农禅思想的大成，首推唐代百丈怀海禅师。其《百丈清规》定立"赴茶""旦望巡堂茶""方丈点行堂茶"等众多条文，规定丛林茶禅及其做法次第。比如，法堂要设两面鼓，东北角的称"法鼓"，西北角的称"茶鼓"；住持用来待客的地方称为"茶堂"，专门管茶的僧人叫"茶头"；寺庙会以三天二夜或四天三夜的时间举行"参茶会"；住持要供茶请众僧时，侍者要全寺跑一圈传唤，这叫"巡堂请茶"。

各地名寺古刹，纷纷培植好茶，诸多名茶源于佛门。如武夷岩茶与天心禅寺，蒙顶甘露与甘露寺，杭州灵隐寺历史上有香林茶，浙江景宁的金奖惠明茶也得名于惠明寺。四大佛山中，普陀山有普陀佛茶，九华山有九华甘露，峨眉山有峨眉雪芽，皆为品牌。杭州余杭径山寺更依径山茶与日本茶道祖庭而提出"禅茶之源"。

寺内自产，量稀少而名贯古今者，有赵珩《老饕漫笔》中写过"岭南第一禅林"六祖肉身佛所在的曹溪南华寺，出产南华佛茶，配曹溪之水，沁人心脾。

我考察茶马古道时曾到访大理感通寺，寺中有数百年古茶树，出产"感通佛茶"。这种茶的制法需用炭火烤，刚巧见一老瘦僧人蹲在炭炉前努力烤茶。我想必定是招揽游客的伎俩，弄个村民扮演和尚略烤一二，后有企业入驻，大宗销售。交流了几句后，才知自己的脑子也被商业化毒害得不轻。烤茶老僧竟然就是本寺住持传慈法师，手头的茶叶就是寺中数百年古茶树所生，自采、自晾、自烤，自古一如。

回到阿育王寺。与界源大和尚吃茶谈禅后，不需我提，他早看穿了我的念头，嘱弟子陪我去舍利殿。在寂静幽香中我瞻仰了寺中供奉的释迦牟尼佛祖真身顶骨舍利。

再回方丈殿时，大和尚不在，留了张字给我。整个下午行云流水，心满意足，回想起来反倒忘记了，喝的是什么茶？

百年白毛猴

　　老金带着各款不同年份的白茶到日本看我，夜夜喝、夜夜神侃。喝茶是简单的事，也是复杂的事，特别是老茶，喝得懂且能聊到一个频道上，是要有一定段位的。不明就里者以为我等关于品茶的话题是睁开眼睛就吹牛，其实无非是把真话说得有点气势。

　　老金监制的白茶可称"作品"，喝得出每一个制作年份的"风土"。茶过三巡，我考了他一个难题："同样是福建出产的茶，你有没有做过'白毛猴'？"

　　金琦兄眼睛一亮，先出去抽根烟稳一稳。

　　我接触老茶"白毛猴"是2017年初，缘起于另一位老金——金克华。他是北京人，父亲是电影家，小时候与中国纪录片之父孙明经以及陈佩斯家同在一个大院里。他在美国肯尼索州立大学孔子学院当美方院长时，为纪录片《茶，东方神药》担任制片人，带着美国班底来杭州找学术单位合作，一来二去，我不仅成了该片的制片主任，还跟老金成了忘年交。

有一年我和他都在北京，茅台集团的李宝芳请他到茅台大厦喝茶，临走时递给他一个锈迹斑斑的铁皮罐子，说是老茶。老金带着茶回了亚特兰大，拍了照问我："老弟，这玩意儿能喝吗？严重过期啊！"

铁罐里面是纸包的茶叶，包装纸上写着"白毛猴"，看样子有可能是年过百岁的民国老茶。我嘱咐老金这茶很珍贵，少打开罐盖，不懂的人不必乱喝。老金跟我约定等我们到美国去喝。

其实那几年我受邀去福鼎考察，编写《白茶》一书，虽是囫囵吞枣，毕竟也知道一些来龙去脉。总觉得"白毛猴"或许是白茶的一个早期品种，又或者是以白茶的茶树品种制成的绿茶，连问了几位茶学专家也不甚了了。

后来从《安溪报》上查到一句，安溪的芦田三洋村在清末民初出过一批著名茶商，其中有一人叫杨惠丕，于1910年在新加坡开设"杨瑞香茶庄"。老金那一罐茶里的"白毛猴"包装上就印着"杨瑞香茶庄"，下方还有"双妹商标"，电话号码只有三位数"一九八"。罐子里还有另一种"玉露香"茶，商标图案是一只鹤踩在地球上，两边写着"香浓货美，侨胞信用"。的确是一款民国时期销往东南亚的百年老茶！

老金的纪录片斩获了当年美国电视最高奖"艾美奖"的六项大奖。他请我们第二年也去亚特兰大捧个奖杯，顺便开泡"白毛猴"。2018年1月，亚特兰大午后校园，雨停，降温，在暖和的室内品饮"白毛猴"，交谈太愉快，以至于忘记茶味。临行前老金把我拖到一边，悄悄塞给我一包。自那次赠茶一别，人事倥偬，再未见面。

另一位老金抽完烟回来了，郑重其事告诉我，"白毛猴"他也曾请老师傅做过的。

那是一种以小叶菜茶种制成的绿茶。以前销往海外的茶非红即绿，白茶是后来的事，绿茶身价才高。他在2009年费尽心思在福鼎点头镇找到会做"白毛猴"的老师傅，每次去带两条"富健"烟，老爷子不收中华。老师傅带出来的徒弟就像《少林足球》里的师兄弟，不是在外地打工，就是成了大老板，股票一秒钟几十万上下，回来炒茶？有没有搞错。最后老爷子只好亲自出手，给老金一共做了大约十斤"白毛猴"。我如果不问，老金几乎忘记此事，还剩下两斤不知道存在仓库哪个角落里了。那位老师傅也不知是否健在。

其实品老茶的本质不只是品价值、品滋味、品香气，更不是品什么保健功能，而是品饮时间，那是穿越时空，接通几十年、上百年自然与人文精神的有效方式。茶汤入口的瞬间该有点超越感。

我一般不谈老茶，因为人们一听老茶就比价格，那是"黄金罍""白玉杯"的状态，陆羽的茶人精神贵在"不羡"，品饮历史，恰如经历"西江水"，从历史深处渗出，这样喝老茶，才让我认可与敬重。

还有什么比大家五湖四海因缘际会品这"白毛猴"更奇妙呢？茶从福建到新加坡，回北京，又至亚特兰大，又被我携回杭州，故事却在奈良的酒店里讲出来。

我一直想，那包百年"白毛猴"什么时候再品？下回不妨把两个老金凑一起，人与茶都漂洋过海来看你。

佳茗配佳酿

　　茶与酒是一组既对立又互补、相爱相杀的主题。敦煌莫高窟藏经洞的六万经卷中就发现了五代时期抄录唐人的趣文《茶酒论》。此后在汉族、藏族的文献中，乃至邻国日本都出现了茶与酒争辩对话的民间文学。这种学术话题三年也讲不完，留到论文里慢慢磨。

　　把茶与酒混到一起喝下去的人类实践，最有名的应该是纳西族的"龙虎斗"。那是云南当地人用来治病的药茶，先用类似公道杯大小的老鸦罐烤茶，把生茶烤出焦香后注水熬煮，再加入烈酒，趁热喝下，感冒风寒立时发散。

　　土俗变时髦。这些年茶酒调饮非常流行，类似鸡尾酒或鸡尾茶，将各种茶汤冲兑入花色繁多的酒中，现调现喝，多为冷饮，很受不太会喝酒的女士们的青睐。但真正的老茶鬼兼老酒虫一定不会满足这种调饮。最好的茶酒调饮，当然是直接用嘴，仅就白茶大类而言，老金的口感调试经验是值得记录的——因为很难找出一个拥有各个年份品类白茶同时又是高级酒鬼的人。

　　品真正上好的老白茶，应摒弃啤酒类与网红白酒，一上这些酒就坍台，不是茶、酒老手应有的品饮层次，陈年的好银针，甚至连年份新的茅台都配不上。那就用一些日系的调和威士忌，"響"系列不错，再加入一些更为陈年的威士忌（甚至30年以上酒龄）作为调兑，温顺和缓，年份感也强，又不伤陈年银针的整体表现。如果品新的白毫银针，则可以选用"日威"当中一些注重水质的酒，水质用得比较极致的如"宫城峡"、白标"白州"、"山崎"等，或者与"卡尔里拉"这样的苏格兰威士忌互相配合，品几口茶，再品几口酒，你方唱罢我登场，气息你来我往，有滋有味。陈年白牡丹就可以直接上一些"苏威"，粗犷点但是厚实，可选项较多。新牡丹就用"圣贝本"或"齐侯门"互相调戏，各自引逗香气，蛮好玩。

　　贡眉、寿眉不喝。另外，如果有人自带陈年茅台来访，可以统杀以上酒，唯我独尊，保证带几瓶喝掉几瓶。

老白茶酒

　　茶与酒配着喝，还嫌不过瘾，于是有了茶酒，你中有我，我中有你。但以茶酿酒，技术是一大问题。我最早尝到的茶酒，是用有"浙江小茅台"之称的同山烧制成的绿、红茶酒各一款。此后各地开始出品一些低度茶酒，也有白酒中的领导品牌推出"兼香型"茶酒。卑之无甚高论。

　　直到金琦兄在我的朋友圈出现，每天都在奇山异水间带着三分醉意笑。这位"老科勒"不惜代价制成一款窖藏12年的白毫银针酒，号为"桐城"。懂点茶的人一定大呼骗人，白毫银针超过10年是天价，喝到都很难得，怎么拿去做酒？

　　原来十二年前，他将一大批顶级白毫银针以清宫制普洱茶膏的工艺全部提取成膏，然后融入美酒之中。基酒用的是红高粱、大麦、豌豆为主酿造的高度白酒，原是给西凤酒品牌供应的老厂，维持不下去，原浆被老金统统收下。茶酒制成后，在当地一埋就是十年。等老男人上了点年纪，自己慢慢喝。

还不够，老金又从海外抢回几只橡木桶，将老白茶酒从地里挖出运回后，以威士忌的方法"过桶"再饮。先过一只"雪梨"桶，给我寄来两瓶。那种酣美，可比千日酒，难与外人言……色比琼浆犹嫩，香同甘露仍春。十千提携一斗，远送江南故人。

不知道是怎样的打拼才能换来茶、酒自由，是钱的事，也不都是钱的事。饮之时义远矣哉！

这老男人花白长发，小胡子，不是笑就是醉，人、茶、酒、器俱老，还能写写小楷。日饮四次，保持微醺，晨昏相继，但总量不过半斤。夏夜11点睡醒，用威士忌喝法，在老白茶酒中放一个泉水制的大冰球，读书佐酒。读到一两点钟入迷，忘记杯中物，冰球化尽，拿起来呷一口，浑然不知是茶是酒。这是茶酒的境界。

老金有刘伶之癖，不论到哪都带上这款茶酒自饮。他不说考察，说玩；不说生意，说玩；接送女儿读大学，为她烹饪大餐那当然是玩；不说去老年公寓陪老父亲，说玩；更不必说带着太太在上海治病，日日堵车，人事倥偬，给我们看的照片还是微笑与小酌，哪怕在医院的走廊里过夜，"啵"的一声，开瓶。

酒性热，茶性寒；酒性发，茶性敛。"茶酒"呢？狂热中保持冷静，痴迷中又见清醒，猖狂不定。晚明张大复说茶既淫且贞，我以为然也。

　　最近老金认为"雪梨"桶侵染酒味太快，不符合他的脾气，遂罢；弄到一只上好的"波本"桶，酒和桶可以慢慢融合，效果很好；还定到了日本水楢木桶，寄予厚望。据说日本还有种樱桃木桶更妙，少之又少，老金正在设法搜求。

日啤

　　大学毕业那阵虽然没少喝啤酒，却一点也不觉可口，简直是一种廉价的干杯工具。内心开始接纳啤酒，是因为一个夏天看小津安二郎的电影，男主角面前总是竖着一支朝日啤酒，男人稳稳地拿起酒瓶，沿着玻璃杯壁缓缓倒酒，倒满，稳稳地端起玻璃杯喝，喉结发出咕嘟咕嘟的声音，非常享受，但又把享受的表情尽量地掩饰。

　　原来对待啤酒也是可以认真的，而非夜排档、KTV那种冲厕所式的喝法。当年买不到日啤，就买两瓶"百威"冰一冰，也学小津安二郎的手法慢慢饮，似乎也端庄起来。再看配方表，国内啤酒多不用麦芽，没有啤酒花，只有大米。那算啤酒吗？还是在日本生活了几十年、研究饮食文化的关剑平教授境界高，他稳稳地举着一杯"雪花"啤酒，略带三分醉意说："大米酿的就品品大米的味道嘛！"

　　在日本生活过的人，吃饭第一件事先叫个冰啤，进店大喊"生啤"，日语发音跟我老家骂的脏话一模一样。以前读马悦然写的一首汉俳最传神：老手点了菜，面前孤立一瓶啤，要说玄宗啦！

刚到日本那阵就像是掉进了日啤的澡堂子里，朝日、三得利、麒麟、惠比寿、金麦……各种品牌又层出不穷地推出各种口味和季节限定款，其中尤其钟爱金麦2022年秋天那款限量的"琥珀之秋"，味道浓郁之极，用了深煎工艺，大概是为了让饮者感受到秋天粮食丰收后的小奢侈。但是人家说限定就限定，一入冬立马就换成了淡出鸟来的"冬之味"，寂しいね。

日本南北两端的啤酒都好喝。最南端的冲绳啤酒包装是岛屿的热烈，粉粉嫩嫩地开满樱花，叫我想起夏川里美的《岛呗》。北海道的札幌啤酒名气很大，罐子上一颗经典的黑色五角星。几年前我离开日本的时候冰箱里就留下一罐，没想到隔了三年回来，房子里竟一成不变，进门第一件事——喝掉这罐过期的札幌啤酒，照样好味。

1995年，日本推出了堪称伟大的动画作品《EVA》，全称《新世纪福音战士》。青春的启蒙之作当然要重看，好喜欢葛城美里，每天早上起床不刷牙先干一罐冰啤酒，还要大喊一句："人生果然是为了这一刻而活的啊！"再看镜头，原来满屏画的都是"惠比寿"牌的啤酒。

日本超市里众多的大众啤酒品牌中，"惠比寿"属于轻奢型，价格比其他牌子略高一点点，味道正如价格一样也确实是略好一点点。惠比寿是日本"七福神"之一，保佑渔业丰收，酒罐上的标志就是他的形象——一个笑眯眯的胖渔翁，一手扛着钓鱼竿，一手抱着一尾大鲷鱼。

据蔡澜说，几百罐惠比寿啤酒中就会有一罐图案里是两条鲷鱼，除了手里抱着，身后鱼篓中还插着一条。

因为《新世纪福音战士》我喝了很长一段时间的"惠比寿"，后来重看2007年推出的剧场版，是把以前的内容重新绘画剪辑，居然发现葛城美里喝啤酒那个镜头里一半换成了"麒麟"，身后还放上了"獭祭"清酒瓶。

不必这么认真，日啤随便哪一罐都够好喝啦！但日本也执着于把外来的好东西"在地化"，忍不住要加入自身文化符号的食材进去。比如历史悠久的老啤酒厂Baird，还是外国人开办的，就在啤酒里加入山葵（芥末）和抹茶，啤酒的名字就叫wabi-sabi（侘寂）。

有一次小泽博士在超市里看到抹茶啤酒，好心买来给我研究，倒出来大家尝了一口，两张苦脸相对，"侘寂"到咽不下去。

精酿俱乐部

如果进一步追求啤酒的品味，陷入精酿的世界，所费时间和代价会变大。日本有些超市和便利店也能买到精酿级的啤酒，如"青鬼"，已属佳酿。

我看过的日剧少得可怜，但在2018年却劲头十足地看了刚推出不久的《无法成为野兽的我们》，不仅是为了日本人的"国民老婆"新垣结衣，还因每一集中都会喝不同款的精酿啤酒。如果把这部剧的精酿盘点一遍，消耗的热量可能比喝下去的还多。

一个雨天，我与老金住到京都金阁寺附近一个叫"传心庵"的民宿，是个百年老宅与庭院，这么迷人的环境怎么能不多喝几杯？喝到凌晨一点多，夜雨侘寂，谈兴正浓，一桌子大罐"惠比寿"和清酒统统成了"忘忧物"。老金就把民宿冰箱里为客人准备的几罐啤酒拿来喝，小小三罐转瞬即逝，犹不死心，再去冰箱里刨一遍，又掏出两罐五颜六色没见过的，一罐上画着一个耳机，另一罐上画着一个纸飞机，醉眼看看配方表，写着麦芽、啤酒花，看来不是饮料，喝！

先拉开"耳机"尝尝，醍醐灌顶，高级精酿乍现。再拉开"飞机"，一口下去，我与老金对视一秒，拍案叫绝，那口感清新到味蕾炸裂，真如纸飞机在风中飘逸。两个舌头都喝大了的人，还能被一口啤酒感动，可见这精酿的魅力。

趁醉倒之前，用最后的理智给酒罐拍照，次日即发给在大阪以寻酒为乐的老道。他够专业，很快找到这两款啤酒出自一个日本精酿俱乐部NATURE STUDIO（自然工作室），打电话过去采购，因限购仅得一箱。在大阪的最后一晚，这箱精酿刚好寄到，内有六种，其中一种只有一瓶，是兔年纪念版，另有一种果味啤酒不在话下。其他四种内就包括"耳机"与"纸飞机"，还有"黑胶唱盘"与"夜空"。我最佩服每罐啤酒背后都写了一段极具诗意的话——

兔子（兔年限定）：万里无云的晴空。曲子和桧木所蕴含的感情是对日本酒文化的尊重。打算以兔子般雀跃的心情逃离这个轮回的季节。

夜空（黑啤）：在滑入地板之前，会闻到香味，派对会结束一天。就像把不知不觉间筑起的心墙轻轻融化一样。

唱盘：带有麦芽威士忌味道的单一啤酒花。应该像翻唱往年的名曲一样回荡着令人怀念的未来。望着日落的天空。

耳机：对美国淡啤经典之作充满敬意。要跳舞就在巨人的肩膀上。

纸飞机：如果被蔚蓝的天空吸引。此时使用五种啤酒花……从空中看到了东西。

总结一个喝精酿的心得。先用普通日啤打底，喝个半醉，让味蕾麻痹，再品精酿，犹能惊艳者就喝出了味觉坐标。"酒是粮食精"，这话说精酿啤酒也很对，那晚不论是"耳机"还是"唱盘"，最后都把老男人喝成了"夜空"中的"纸飞机"。

水割

我跟师弟走累了，钻进长崎某条巷子的一间居酒屋。这家居酒屋又脏又破，还兼营拉面、炒饭之类的主食，价格便宜。独自经营这家店的老板自己就是个抽烟喝酒的老头。每张桌子上放一个烟灰缸，里间连中午客人吃剩的碗盘都没收，自己已经靠着吧台喝得小脸通红，看我们进来才起身张罗晚场。

我们点了啤酒和吃的，面前有自助的玻璃杯与冰水。累、渴，不想说话。

师弟在日本生活多年，从风衣到内裤，全身无印良品，又高又瘦，且越来越瘦，常在包里备些巧克力补充热量。他彬彬有礼、循规蹈矩、恪守时间，不这样做就很难受，单身生活又年轻，却每晚十点前睡觉，早晨六点起床，为自己煎鸡蛋、泡"职人"牌咖啡。把师弟扔进东京的人堆里，完全分辨不出他是中国人还是日本人。而我就算在大阪，大阪人也会拍着我的肩膀问："你是中国哪的？"

九州是日本烧酒原产地，烧酒是一切酒鬼的终点，中日都一样。我虽距离酒鬼远矣哉，但抵达长崎的第一个晚上还是去附近超市抱回一瓶名为"海鸦"的烧酒，是以小麦混合番薯（日本称芋）酿成。

我以往对日本烧酒嗤之以鼻，从来不碰。有一年春节在东京吃饭，饭桌上遇到著名旅日作家李长声先生，他爱酒是出名的，拒饮饭店提供的啤酒及"嗨爆"（威士忌兑大量苏打水的罐装酒），从附近便利店买来九州烧酒才舒坦。就是他很认真地告诉我，日本的烧酒也做得相当好。

九州烧酒，也叫南部烧酒或萨摩烧，大众品牌有"黑雾岛""一岐"与"一刻香"，都是日本老男人的家常便饭，价格很亲民。如"黑雾岛"大约相当于几十元人民币一瓶，一斤半。当然还推出了"赤雾岛""茜雾岛"，价格略高起来。好的品牌讲究手工酿造，"魔王""村尾"都是可圈可点，天花板级的是"森伊藏"，属于萨摩烧中的代表作，价格达到三万日元一瓶，可长崎的烟酒专营店里标价的优惠才一万五千日元，还不足人民币千元，远远没有国内白酒的价格那样威武。

居酒屋门上的铃铛响了，从夜幕里颤巍巍进来一个老人，走路好像不停地在踩隐形高跷，身体蜷曲，像一只晒干的"海老"，日本人把虾叫作"海老"。"海老"也许有九十岁了，甚至更老，他跟老板点点头，坐到常年属于他的座位上。"海老"的每个动作都因老迈而被收缩在一个非常微小的尺度内，但是如果观察得够细就会发现他的动作气势老辣，如果年轻三十岁，那些动作一定会放大十倍，从而引起周遭所有人的瞩目。可现在，那些从前瞩目他，并且此刻应该打招呼热闹起来的人八成都死了。

"海老"不看菜单，从有痰的喉咙里轻轻滚出几个单词。老板递过来一大瓶"黑雾岛"，瓶身上有签名，寄存酒，每天喝。"海老"动作缓慢，手抖，但有条不紊。先给自己倒满一杯冰水，然后奋力拧开酒盖，很潇洒地往水里一哆嗦，只掺了那么一口酒，就把酒瓶放回了吧台。日本人总喜欢往烧酒或威士忌里加冰块或苏打水，让酒精打折，称为"冰割"与"水割"。

"海老"的水割真是到了极限，照这个喝酒的速度，有生之年不知能不能解决这瓶"黑雾岛"。他用枯骨一般的拇指和中指钳住酒杯，颤颤抖抖移到鼻尖一闻，然后闭上双眼抿了一小口，"啧"的一小声，两片像破棉絮一样失去弹性的嘴唇动人地一抿，微微仰头发出一声轻松的叹息，简直像吞下一口滚烫的烈酒，酒精瞬间让他的皱纹舒展开来，眼角挤出半颗浑浊的泪花。

他随即含糊地对老板说了句什么。老板应了一声，把一盘刚刚做完的海鲜炒饭端给他，然后走出吧台，从墙角挂着的一台显像管式老电视机上拿下一包光碟，抽出一张放进DVD，机器发出一阵吱吱声，随后，日本的演歌流淌而出，那是1975年河岛英五的《男人的酒女人的泪》——

> 想要忘记的事，
>
> 怎么也消除不了的寂寞，
>
> 被这些困扰时的男人，
>
> 喝酒吧！
>
> 喝啊，喝啊！能喝就喝啊！
>
> 喝得倾家荡产，
>
> 喝到睡去
>
> 男人终于可以安静地睡去了啊……

"海老"吃了半盘炒饭，把盘子一推，烟灰缸移到面前，点上一支香烟，非常享受地深吸一口，鼻腔里不断发出"哼、哼"的声音，产生了节奏。他只抽了三口，一支烟还有三分之二就被摁灭了。喝一口酒，"飲んで飲んで，飲まれて飲んで……"他跟唱起来，声音小得像虾，如果虾也唱歌的话。我几乎是用眼睛看到那些不成调的歌词从他哼哼的鼻腔里冒了出来。他又拔出一支香烟点燃，而不是继续抽前面那支，仍旧非常享受地抽了三口后摁灭，接着喝酒，枯骨般的手指跟着演歌的旋律轻扣着桌面。

他陶醉了，他可能经历了天皇万岁、战前战后、原爆、泡沫以及泡沫破裂，也许更多，也可能少些，无论如何就快到终点了，他陶醉了。

我和师弟忘记了交谈，一直看着他用漫长的时间喝下半杯"水割"，烟灰缸里已经留下七八根长长的烟头。

"喝啊，喝啊！能喝就喝啊……"河岛英五深情地唱着。

茅台鸭

阿斌是懂酒的主儿，开了好些年茅台专营店。他路子粗，前些年又在一个公园里盘下一幢独栋做私房菜。十多年来，依仗茅台的威名，酱香酒横扫天下。许多酒场中人（其实大多并不懂酒）言必称酱香，非酱香不过瘾、不体面。其实，好酒的唯一标准就是"好"。

阿斌是懂这个道理的，中国的名酒是"汾老大"，清香型才是谷物的原香原味，在这个基础上造出了浓香，发酵出酱香。但酱香大卖，他自然投众所好，亲自出马到茅台镇选酒厂，成吨地拉回来注入自制的大型容器，亲自勾兑。这当然与孔乙己那种酒店里伙计兑水的手法不同，他是踩着扶梯爬上去，倒入几瓶陈年茅台。

我对卖酒并无兴趣，只是冲着他的独门菜品"茅台鸭"去的。阿斌精于烹饪，只是做了大老板后不大出手，倒是为我做了一桌，那茅台鸭至今难忘。选上好麻鸭红烧，此前步骤大家都知道，烧到起膏。奥秘在最后将出锅前，倒入一小瓶盖的茅台酒（酱香型酒皆可），加盖一焖，再揭开来奇香四溢，满室皆春，光是闻这鸭肉香也醉了。其他香型的白酒则无此效果。啤酒也可不必，因啤酒烧鸭是为了使肉质酥软，茅台鸭用来下茅台酒，鸭肉紧实，啃起来更增酒兴。

吃到醉眼蒙眬处，看到墙上挂着许多黑白旧照，大合影中间坐的都是顶天立地的人物，比如改革开放的总设计师。才知阿斌年轻时在杭州西湖国宾馆工作，是服务过许多中央领导人的。

茅台鸭之外还有"茅台蛋"。同样的方法用到茶叶蛋上，宁德金琦兄专用十年白毫银针的叶底煮茶叶蛋，起锅前倒一点十年陈的茅台，两个"十年"伺候出个蛋。

茅台蛋之外还有"茅台肉"，制法是从宁波张生兄处听来。他的朋友请他以玉成窑紫砂精制了五只缸，太阳下、背阴处养了几个月。然后，开一瓶陈年茅台，悉数倒入缸中，用洁布，一只一只反复擦，让酒液渐渐渗入缸壁。这样用茅台酒再养数月，缸就炼成了，专供腌制咸肉。肥瘦相间的咸肉切一指厚，笼里蒸出，一大口咬下去……

河南话说，酒是粮食精。既是粮食之精，光是往肚里灌，颇浪费，且伤身。阿斌的心脏装了个支架以后，茅台也不能多喝了，倒是入馔可以多费思量。

咸亨老酒

我第一次到鲁迅笔下的绍兴咸亨酒店，是跟着王旭烽老师去的。旭烽老师是江南茶人风雅慢生活的代表作家，其实她的节奏总是匆匆忙忙。陪我们去咸亨酒店的是《东海》杂志的老主编、收藏家杜文和先生。他那天兴致很高，一路讲解，要我们认准，这条人头攒动的老街到处挂着"咸亨"字样的酒旗，一定要走到底的那家才对。

他点了好几样小吃，都很美味，当然有咸亨老酒与茴香豆。茴香豆比我想象中的要软，好吃！咸亨酒店卖的是"太雕酒"，浓黑黏稠且甜，特别对我胃口。茴香豆配黄酒正如花生米配白干，硬的配烈的，软的配柔的，是精微的美学。

席间，杜文和说招待北方作家就专门来此请他们喝咸亨老酒，往往一口就是大半碗，都说南方的酒不是酒，几碗"甜汤"不用劝就风风火火下了肚，从长凳上一站起来，笔直倒下，研讨会一天半，睡掉一天。

又说起他编剧电视剧《聊斋先生》的事，主演张铁林当时正红，听说杜是古砚收藏家，登门细看，一一过手，半夜还不肯走，主人只好当面哈欠连天。

我刚喝了半碗酒，尚未尽兴，王老师说时间不早了，要赶下午的重要活动。我一个没毕业的大学生岂可学张铁林？赶紧丢下老酒跟着离席。

老作家陆明的记忆力是真好，有一次他与我说陆文夫酒瘾很大，打成右派的时候几天几夜干活没得睡，买一瓶粮食烧藏在口袋里，躲在食堂的角落偷喝。干活到半夜，会给一碗面条，没有菜。他吃一口面，喝一口酒，有时为了加快速度，不引人注意，索性把酒倒在面条里，稀里哗啦一起下肚拉倒。好一位美食家！

王旭烽老师也与我说过，陆文夫先生因小说《美食家》扬名海外食坛，法国人邀请他赴欧洲做国际美食评委。他回国后有一次来杭州，对旭烽老师说："我哪懂什么美食评审啊，管他呢！甩开腮帮子吃，吃遍欧洲！"斯人何其可爱。

若干年后我读陆文夫先生的散文集，果然在他的《壶中日月》中读到陆明说的那一段，丝毫不差。陆文夫在文中接着写道："这时候，我倒不大可怜鲁迅笔下的孔乙己了，反生了些许羡慕之意。那位老前辈虽然被人家打断了腿，却也能在柜台前慢慢地饮酒，还有一碟多乎哉不多也的茴香豆！"

这不，又扯回到咸亨老酒与茴香豆上了。我对绍酒似乎确是情有独

咸亨老酒

王辉 绘

钟的，父亲告知，我家祖籍是绍兴安昌，祖父八岁时从那个古镇出走。

周作人在《东昌坊故事》一文中回忆童年吃到的下酒小菜："我还记得有一回，大概是七八岁的时候独自一人走到德兴去，在后边雅座里找着先君正和一位远房堂伯在喝老酒。他们称赞我能干，分下酒的鸡肫豆给我吃，那时的长方板桌与长凳，高脚的浅酒碗，装下酒盐豆等的黄沙粗碟，我都记得很清楚……"

读这一段时，我仿佛穿越到祖父八岁前所经历的时光！虽然祖父过世时我不过一岁，尚未形成记忆，但常听祖母说起老头子爱摆"酒摊头"，碰到除夕，慢酒喝到天亮。这种饮法可以算是"咸亨遗风"。

2008年下半年，我正式参加工作，大学工会组织新进教职工一日游，去了绍兴。下午又到古街，我哪都不去，一个人大步流星直取咸亨酒店，叫了一碗太雕酒、一碟茴香豆，这次必须满饮！尽兴而归，步履蹒跚，在回去的大巴车上独自陶醉。

没人知道，我的职业生涯就是在咸亨老酒的醺醺然中开启的……

草黄

老嘉兴人其实喝黄酒者居多，一来是来自绍兴的移民多，二来嘉兴的黄酒在江南来说大概也仅次于绍酒了。

我爸有一老友，我叫他胡大伯伯，从来只喝"草黄"。"草黄"就是嘉兴酿造厂生产的"咸湖亭"牌黄酒，几块钱一瓶，以前嘉兴人家家户户既拿来喝也做料酒，是顶廉价的瓶装黄酒。后来胡大伯伯发了财，每宴都是茅台、红酒，他不喝，跟服务员说："你给我来三瓶草黄。"大酒店哪会供应这样蹩脚的酒呢？外地来的服务员甚至连听都没听说过。胡大伯伯就直接冲到人家后厨，把做料酒的"咸湖亭"掏出来。"你们吃你们的茅台，我还是吃我的草黄！"

草黄我也喝过，比起那些袋装料酒，那的确是高明许多，可以品饮。只是不知为何，我的味觉越喝越觉得咸，到底没有年份，还须勾兑。关于勾兑，又有的说了。

老宋也是家父好友，他以前就是嘉兴酿造厂的职工，却滴酒不沾，真是"枉入红尘若许年"。酿造厂濒临倒闭那几年他正是我们家的邻居，送过我爸一加仑桶的"酒头"，这"酒头"乃是超级高度白酒，酒精度达到75度以上，就算"伏特加"亦须退避三舍。这种酒头是酿造厂用来勾兑"草黄"的。"草黄"成吨地准备灌瓶出厂前，要核准瓶贴上的酒精度，万一不达标，就赶快倒入此种"酒头"令其迅速合格。我家亲戚多数是酒鬼，但凡喝到过这种"酒头"者，无不手舞足蹈，忘乎所以，终身思念。

我祖母是颇有点古意的老太太，从年轻时就一直能喝酒，烧酒不下半斤。到了我也能上桌与她一起吃饭时，她早已改饮"草黄"。晚饭每餐半斤，胖胖的脸腮上就起了酡红。她要与我说些古，我却不耐烦听，现在渴望听时她已不能说了。

酒厂改制，"草黄"与"酒头"早成绝响，嘉兴的黄酒也纷纷转型升级。就连胡大伯伯也改喝"新世界"的红酒了，他说可以软化血管。

酒疴

土生土长的江南酒鬼，可以从天蒙蒙亮开始吃老酒，在家门口摆"酒摊头"，看着门前河道里行船、石板路上行人，七搭八搭瞎说廿三，直喝到天黑困觉。

喝下去的所谓"老酒"就是黄酒，过酒不需什么菜，摸一碗螺蛳，两块开洋豆腐干，或者弄点鱼鲞、霉豆腐都可以过一天的酒。最厉害的是听我祖母说她的父亲，仅以一只酱麻雀的脚过酒，注意是麻雀脚而不是腿！民国时从上海坐轮船到宁波，一路上不知道喝掉多少老酒，麻雀脚犹在，比起"洋钉过酒"更有滋味。

如果说啤酒是液体面包，黄酒相当于液体米饭，营养也的确不差。女人坐月子炖黄酒磕两个鸡蛋，大补。

嘉兴产的黄酒，海盐沈荡是一块牌子。有一年我在南北湖开学术研讨会，会后吃饭，海盐文联主席林周良带着沈荡黄酒的老板来了。我推了推边上从北方来的朋友说："今天有好酒喝了！"

嘉善酿造黄酒也有名气，连到现在的上海枫泾出品的名牌黄酒"石库门"，细究起源头恐怕都属于善酿一脉。

吃黄酒比之干白酒，是软刀子，黄酒要吃得慢，独酌也颇有意味。一碗一碗的酸滋滋、甜蜜蜜、熏熏然，把一个人就拖入了软绵绵、韧袅袅的醉沼泽。天天喝、日日醉的人好比武陵人缘溪行，会误入"酒乡"，把一切现实的遭遇都隔离了，再也走不出来，这就患了"酒疴"。

阿根喝了大半世黄酒，几十年前常常醉得从人力三轮车的后座上滚下来，摔在觉海寺门口，满脸是血还面带微笑。下岗以后自己选择"买断"，拿了几万块钱，"下海"赔个精光，回来搭个棚子在大兴路上修自行车。不过四十几岁，牙齿掉了一大半，满脸满手的油污，一只小凳子上老酒摆挺，早饭买一张油饼也可以过酒过到晚。

后来骑自行车的人越来越少，他也不转行，因为"酒疴"沉重，肝脏衰竭，医生也摇头了。死之前水米不沾，老酒还是要喝，却无力握杯。老婆拿一根喝可乐的塑料吸管，好转弯的那种，让他吸。阿根吸着、吸着，呆滞了半辈子的眼睛突然放出光彩，说："你们看，家里怎么飞进来一只白鸽啦！"

家里根本没开窗。说完没多久阿根就咽气了，一生一世的酒就这样喝完了。

阿根年轻的时候又英俊又能干，香港电视剧《上海滩》流行的时候，一条街上的人都说："赤那，阿根就是许文强嘛！"

江南食谚

吃来吃去

吃也可以用耳朵，谓之耳食。

江南弄堂里的老头老太太们口中时不时就要用吴语滑出几句押韵的谚语来，我从小在饭桌上听了不少，其中关于"吃"的最多。

"吃"老底子写作"喫"，这在禅宗公案里还保留着著名的"喫茶去"三字，且不论固体、液体、气体统统叫吃。吃饭、吃酒、吃茶、吃香烟，"吃"代替了许多动词，继而形成一种接受语态。嘴馋好吃之辈叫"吃星高照"。赚了一票大的叫"吃大肉"。被拍马屁、听好话叫"吃花"。占女性的便宜叫"吃豆腐"，但是"吃大豆腐"不要误会为程度加深，那是死了人去奔丧的意思，也叫"吃豆腐饭"。事情办得不顺当叫"吃夹头"。受了委屈还说不出叫"吃瘪"。挨打叫"吃家生""吃生活"。承受压力叫"吃分量"。碰到假货叫"吃大兴"，老嘉兴人把虚假的东西叫"大兴货"。被诈骗叫"吃药"。事情落空叫"吃空心汤团"。借高利贷叫"吃抬板""吃炮子"。坐牢叫"吃官司"。

要给别人点颜色看看，叫作"吃点辣火酱"。同样的意思海盐人还说"吃落苏"，这个"落苏"就是茄子，大概茄子是很有颜色的。海盐腌制小茄子乃名物，叫"咸落苏"。至于"吃醋"的意思南北皆知。

吃免费的叫"吃白食"。不做事而能拿一份工钱的叫"吃空饷"。男人靠女人生活叫"吃软饭"。拿养老金叫"吃劳保"。到外面闯荡不成窝回家叫"吃老米饭"。吃着玩叫"吃白相"，"白相"即玩，游手好闲则叫"吃吃白相相"，或"吃吃荡荡"，特别游手好闲者被戏称为"吃荡公司经理"。至于啃老，不知从何时起嘉兴地区流行说"儿子不养爷，孙子吃大爹"，禾城方言叫父亲为"爷"，而爷爷反倒叫"大爹"。

某些事情做不到要推辞，就像吃不下东西一样，叫"吃勿落"。不舒服、受不了叫"吃勿消"，意思是吃了不消化，当然就难受。反之吃得舒服叫"落胃"，还有"小落胃"，大抵就是现在的"小确幸"，日常小小的确定的幸福。例如，晚饭弄几个好菜喝酒，邻家见了会说："呦，今朝夜里小落胃！"

特别要另外说开的是"吃人",唯此则不像是接受语态。鲁迅先生的《狂人日记》与周作人的《谈食人》一文可对照着读。吾乡吵架,说对方凶,谓之"宁(人)也吃得落去"。

吃的童谣

所谓"老人就怕跌,小孩就怕噎",可见吃之于小孩兹事体大,最为要紧。哄小孩吃饭最常说的话叫"吃白饭长白肉"。著名的童谣"摇啊摇,摇啊摇,摇到外婆桥",后面还有"外婆赞我好宝宝,买个娃娃(鱼)烧,头勿熟,尾巴焦,盛勒碗里两头翘,吃得外孙泛淘淘"。这有点恶作剧的意味,"娃娃"就是鱼的意思。还有一种说法是"头勿熟,尾巴焦,外孙吃仔豁虎跳,一跳跳到城隍庙,香炉蜡扦全翻倒"。

小孩游戏时会唱"炒黄豆、炒黄豆,炒不来黄豆翻筋斗",互相揶揄时会唱"看样学样卖山羊,卖到山东吃老姜",这两种都是我从小熟谙的,记忆犹新。

逗小孩乐的童谣另有一种,我妈以前常说"从前有个老伯伯,走到八里桥,买碗八宝汤,钞票用掉八块八角八分八厘八。"每一个八字都要上下嘴唇用力开合发出"叭"的声响才妙。

给小孩猜谜谜子："什么东西吃前是一大碗，吃完还是一大碗？"答曰："螺蛳"。另有谜面"一百小烧饼，吃了一百还有二百剩"，答曰："瓜子"，且应该是西瓜子，才扁平像烧饼。

还有数落小孩嘴馋的话，叫"头颈极细，只想食计"。黄花麦果儿是一种糕团，绍兴儿歌云："黄花麦果韧结结，关得大门自要吃。半块拿勿出，一块自要吃。"这里关于自私和吝惜之意，固然坦白得妙，乡间小儿没有零食，偶然得自制饼饵，非常珍重，也是实情。

嘉兴的老作家陆明曾在《江南风物》中写过老底子关于瓜的俚歌，似乎也属于儿歌之类，"懒阿叔，懒踏车，懒婶妈，懒削花，夫妻两个种西瓜，夏至勿开花，小暑不见瓜，大的生来像枇杷，小的生来像芝麻。一个铜钿抓两把"。又记关于糖粥担的儿歌，"笃笃笃，卖糖粥（音足），三斤蒲桃三斤壳（音阔）"。

同样是押吴语"阔"这个韵脚的还有"蚬子蚌壳，一碰就哭"，那是用来揶揄爱哭的小孩。所以电视剧《繁花》里宝总叫汪小姐"蚌壳精"，谐音"碰哭精"，是透着一点两小无猜的亲昵。

吃的诀窍

老师傅总结烧菜经验常说"咸鱼淡肉""千烧不如一焖",这都可以望文生义。谈烧饭的有一句"厚粥烂饭",我原是看到就摇头,其实这句食谚中是含着善待老人的意思,年纪大到一定的程度,牙口与胃肠功能退化,即便是正常软硬度的米饭淘汤也不容易吃,更不必山珍海味,非"厚粥烂饭"不能养人。

谈品尝经验的食谚更丰富。吃河鱼叫"青鱼尾巴鲢鱼头",吃海鱼叫"带鱼吃背脊,黄鱼吃肚皮,说话讲道理",吃咸鱼叫"乡下大叔,咸鱼过粥"。吃肉叫"好肉都在骨头边",吃狗肉叫"狗肉滚一滚,神仙立勿稳"。旧时,羊卵子(羊的睾丸)被认为是大补之物,富贵人家奢侈,好攀比,每天杀一只羊,只吃羊卵子,故称"要吃羊卵子,不顾羊性命"。

江南水乡,螺蛳是一大家常菜,不费钱,房前屋后河浜里摸一碗来下酒总是有的,故说"嘬螺蛳过酒,强盗赶来勿肯走",可见螺蛳的鲜美。说某样东西好吃,还可以跟一句"打巴掌也不肯放"。"正月螺,抵只鹅"是说正月的螺蛳特别肥。

吃酒讲"烧酒出气,好比吃屁",喝到第二天宿醉还要"酒醉要用酒来潽",索性再喝一点。

菜与时序以及各种菜互相的搭配也有指导性的食谚，如"冬吃萝卜夏吃姜"，"韭菜勿夹萝卜烧"。

关于节令饮食的谚语若是总结起来也有一定的谱系。"正月螺蛳二月蚬"；二月二龙抬头，要吃撑腰糕；上巳节"三月三，野菜花烧鹅蛋"；端午后有话"吃了端午粽，还要冻三冻"；大暑天宁绍农村凭空要泡一碗干菜蒲头汤来喝，"三日不吃干菜汤，脚杆酸汪汪"，那是用于解暑，并补充盐分与电解质；当秋食蟹讲究"九雌十雄"，或曰"九月团脐十月尖"，"团脐"指雌蟹，"尖"指雄蟹；冬至当晚"有吃冬至夜，唔吃冻一夜"。宁波还有一年的节俗谚语，多数与吃食有关，"正月嗑瓜子，二月放鹞子，三月上坟坐轿子，四月种田下秧子，五月白糖揾粽子，六月吃饭扇扇子，七月西瓜吃心子，八月月饼嵌馅子，九月吊红夹柿子，十月沙泥炒栗子，十一月落雪子，十二月冻煞凉亭叫花子"。

年夜饭讲究很多，"吃兹年糕年年高"，"有底档"与"毛一千"分别是茨菰和芋艿，可见我的前文。老嘉兴有"八碗头"，绍兴是"十碗头"。周作人记录分岁所用的饭菜与拜像用的祭菜一样，其中特别的菜有鲞冻肉，那是一种咸鱼烧肉，碗面上一定搁上一个白鲞头，并无可吃的地方，却尊称之曰"有想头"，只看不吃。煎鱼也是不吃的，称作"吃过有余"，藕脯取"偶偶凑凑"之意，最特殊的是，年糕之外必配以粽子，义取"高中"，这些风俗为别府所无。

行业食谚

浙东民间歌谣嘲讽拙劣的戏班云："台上群玉班，台下都走散，连忙关庙门，两边墙壁都爬塌，连忙扯得牢，只剩一担馄饨担。"过去乡村社戏，大家出钱聚在庙里演戏给菩萨看，还要大吃点心，所以各样吃食摊在台下开张，馄饨担是其中之一。

有揶揄卖小馄饨的是"捞得着捞根葱，捞勿着捞个空"。"造原子弹不如卖茶叶蛋"，那是改革开放初期的民间俚语，反映了从计划经济向市场经济转变阶段，收入分配不均的社会现象。卖水果的叫"搭烂三分甜"，意思是看上去水果容易烂，其实还是有不错的利润。有与行业有关的食谚还有"硬铁敲硬糖"，那是形容某件事情毫无水分，硬碰硬。过去挑糖担卖麦芽糖，糖块极坚硬，要以铁锤与铁钉敲下，并以钉锤相击的叮当节奏招揽生意。这些食谚皆与各路吃食行当有关。

还有各种食品的叫卖，祖母便常说"生炒热白果"，那是她曾经听来的。过去，有货郎专门回收流通物品，以赚取差价谋利，走街串巷地喊这一句，"鹅毛鸭毛甲鱼壳"我也曾听过。最会唱的要数卖梨膏糖，三分糖七分唱，成了旧时上海、杭州街头的说唱艺术，较常规而流行的是："一包冰雪调梨膏，二用药味重香料，三（山）楂麦芽能消食，四君子能打小囝痨，五味子玉桂都用到，六加人参三积草，七星炉内炭火旺，八面生风煎梨膏，九制玫瑰香味重，十全大补有功效。"

从事某种行业者即叫作"吃某某饭"，如"吃箍桶饭""吃剃头饭""吃苦力饭"，叫花子最大，他们"吃百家饭"。

以前说最辛苦的行当是"撑船打铁磨豆腐"。"小葱拌豆腐，一清二白"是南北都有的食谚，江南说得倒少。每次吃豆腐时家里的老人说得最多的是"热豆腐烫死养媳妇"。这句食谚背后有故事，养媳妇是旧社会的事，萧红《呼兰河传》中未成年的养媳妇就被恶婆婆活活烫死。

江南的豆腐与养媳妇的故事也许版本众多。嘉兴有壕股塔，"壕股"的意思指的是塔建在城墙根。但也有一说是"毫姑塔"，毫姑是一个养媳妇，婆家是做豆腐的，她每天被婆婆打骂，又吃不饱，一锅滚烫的热豆腐刚刚做出来，她趁婆婆不在想偷吃一块，豆腐刚到嘴边，见婆婆回来，惊恐之中急忙把豆腐一口吞下而活活烫死。为了纪念此事而建"毫姑塔"，这实在是太过牵强，但养媳妇的集体记忆是江南妇女们长期的谈话主题，或许她们总要找一些更苦难的人来寻求心理的平衡。

把养媳妇算作一种行当似乎不妥，她更应算是一种身份，但这类身份是被买卖而成，签有协议，又须整日地劳作，实在就如同从事一种悲惨的行当了。

饥饿记忆

老人们关于饥饿的记忆总是比较深刻，在食谚中总要发些感慨与经验的总结。绍兴人讲"薄粥撑大肚，荒年自受苦"，就是指出平时也要管控好自己的食量。嘉兴乡下说"勿要吃得饱朘朘，勿要几几化化吃下去"。

吃剩下的汤脚头还舍不得倒掉，叫"不是猴相，心疼点油酱"。祖母常常告诫我"面黄昏，粥半夜，吃了黄浆饿一夜。"这里的黄昏不是傍晚，按古代计时，黄昏是晚上七至九点钟。这句食谚是说吃面条最易消化，喝粥反倒能扛到半夜，黄浆大概是粮食匮乏时的玉米面糊糊之类。周作人的文字可以为证，"我记得那玉米面糊里加红番薯，那是台州老百姓通年吃了借以活命的东西"，若不加入番薯，可见是不扛饿的。

待客吃饭也大有学问。如果有客不期而至，主人也能迅速弄出几样菜色招待，叫作"墩头不响，搬出六样"。上海崇明岛上的人会说"有哈吃哈，呒哈吃蛤（蟹）"，有什么吃什么，没什么就吃螃蟹，因为螃蟹岛上多的是，特别是夏天还可以吃"六月黄"。

过去农村穷，养鸡取蛋，逢年过节或者贵客上门才会杀鸡，所以就要"问客杀鸡"。主人做杀鸡状，客人夺刀不允，一来二去，鸡没杀成，礼数周全。"敲鱼拨肉"也是同理，或说"敲鱼拨肉夹粉皮"，过年时桌上总要有一碗鱼、一碗肉，主人是舍不得下箸的，敲一敲、拨一拨做出让客人吃的意思。客人更加要懂潜规则，绝不敢伸筷真去夹硬菜。

农村未成年人进城作客都要提前接受"培训"，否则就显得毫无教养。蔡老是诸暨人，他说自己小时候去城里亲戚家做客，父母严厉叮嘱，到客人家吃饭只许盛半碗。没想到城里人用的都是小碗，正发育的蔡老平日一顿能吃三大碗，却遵嘱每餐忍着只吃小半碗，主人还以为这孩子胃口小。住了三天，晕倒送进医院，医生说没病，是饿的。

我外婆说起年轻时在长兴许家浜过年做客的经历。每个客人饭碗边上还有一个小碗，主人很殷勤地把整块的肉夹到客人的这只碗里。对不起，那也是不能吃的，客人走后这些肉还要回到盘中。除非是主人当场拿筷子把碗里的肉拆开，那才是真让你吃的绝对信号。

有的食谚俚语虽粗俗，却有着养身的指导意义。例如"半斤番薯一斤污"，番薯富含膳食纤维，能宽肠胃，通便秘，是一种食疗佳品。周作人总结徐玄扈说甘薯有十二胜，话太长了，概括起来可以说是易种，多收，味甘，生熟可食，可干藏，可酿酒。

饥饿却仍要喝酒，喝酒实在没菜，于是"洋钉过酒"，拿钉子蘸酱油下酒不知是一种写实还是夸张，但以小石子洗净后蘸酱油吮吸下酒是确有其人的。

饭量大，吃起来"三钵头，六野碗"，食量特大的叫"七把叉"，"七"与"吃"同音，听起来像是"吃饱车"，我小时候常常听家慈说这个。其实这"七把叉"倒是舶来品。盖因浙江人民出版社在二十世纪七十年代出版了改编自巴西作家奥里热内斯·莱萨小说的连环画，主角是个穷孩子，叫"七把叉"。他特别能吃，被富人拉去做广告，最终在一次吃饭比赛中撑死了，那是批判万恶的资本主义。

食谚骂人

关于吃还有些不很雅的粗话，小时候听过一句狠话叫"走过三关六码头，吃过奉化芋艿头，难过嘉兴砖桥头"。给人做媒"做得好吃十八只蹄髈，做不好吃十八只巴掌"，似有恐吓之嫌。说一个人横行霸道叫"吃出来做"，因为正常人都是做出来吃才对。

"老酒糯米做，吃得变猡猡"，是说喝了黄酒的人睡着了打呼噜与猪猡叫一样响，这个"猡猡"未必是这么写，但一定是指猪，语气并不重，反倒还有些亲昵。

吃是可以骂人的。

形容一个人屡教不改叫作"老吃老做"，是一根"老油条"。脾气特别硬，蛮不讲理的人被叫作"昂钉头"。昂钉头也叫"汪钉头"，就是汪刺鱼，这种鱼是江南餐桌上常有的，肉质鲜美，但长相丑陋，特别是背上长一根坚硬骨刺，用力摔出甚至可以钉在树干上。

长期搞不正当男女关系的老男人被叫作"老甲鱼"，女的则被叫作"老蟹"，大概因甲鱼头及蟹螯多毛之联想。不过后来也称老奸巨猾或老谋深算者为"老甲鱼"与"老蟹"。比如《海上繁华梦》里写隆盛席店掌柜郭小胡跟周太太勾搭："郭小胡姘识周太太，并不是爱吃老蟹……想借着周太太，作一个终南捷径，好渐渐由母及女，弄一个一箭三雕。"秋风一起，螃蟹就要换壳而成熟，变成老蟹，一对大螯夹起人来老练之极。《清稗类钞》里说，"特沪语之所谓老蟹，专适用于阴性，竟以为蟹状女也"。

"秋风起，蟹脚痒。"江南人孜孜不倦地研究吃螃蟹，自然有不少和螃蟹有关的俗语，却都接近贬义。如"螃蟹过河，七手八脚"，"叫花子吃死蟹，只只好"，"螃蟹裹馄饨，里戳穿"。没有用的人或物被称为"死蟹一只"，苟延残喘叫"撑脚蟹"。

烧鸭子时说"嘴硬骨头酥",形容色厉内荏。清代青浦人王有光在《吴下谚联》里则认为"嘴硬骨头酥"的是指蚊子。

吴方言里有一句叫"黄熟梅子",原是对青春已逝的感喟。到了六月间,江南进入梅雨季节,也叫"黄梅天",那时候的梅子早已变黄,再也不能变回青色,人生亦如此,所以"黄熟梅子"是说已经没有"青"了。

整日无所事事的人被叫作"卖不掉的甘蔗",因为总是靠来靠去。说一个人啥都懂一点,又啥都不精通,叫"猪头肉,三不精",这一句其实揶揄与褒扬各半。数落一个人不懂节省是"叫花子勿留隔夜食"。骂一个人很瘦却很能吃的话最损,叫"薄皮棺材",棺材板越是薄,里头当然越能装。骂人不长脑子叫"黄鱼脑子"。骂别人或自己做了极后悔的事,要说"买块豆腐撞撞死"。骂倒霉,特别是搓麻将打牌输钱,会喊"霉豆腐开氅"。

做事情的时机不对叫"吃素碰着月大(杜)","大"的吴语念"杜",发心吃素一月,却碰到三十一天的大月份,这还不只是说时机不对,另含着一层信仰虚伪的讥讽。

做事白忙活、空辛苦一场叫"黄胖炒年糕,吃力勿讨好",所谓黄胖者是指肺痨病人,上岗没有健康证,炒出来的年糕谁敢吃?"黄胖"的本义宋代指用黄泥做的泥偶。后来人们渐渐把人得了脸色黄而浮肿的病，比喻作"黄胖"。又一说是"黄胖春年糕"似更确切。鲁迅《书信集·致周作人》中就引用绍兴话说："出力多而成绩恶，可谓黄胖春年糕。"

嘉兴人揶揄苏北人说"乖乖隆底咚，猪油炒大葱"。骂人无能则是"山东人吃麦冬，一懂也勿懂"，为什么要拉上山东人呢？大概是因为解放战争时期，江南地区有大批北方解放区来的南下干部，嘉兴特别多山东籍的。他们普遍来自农村，文化水平不高，且没有城市生活经验，初来乍到，闹了不少笑话，总是被历来具有地域优越感的江南人嘲笑。麦冬本是一味中药，其读音类似山东人说的"末懂"。

吃的隐喻

记得以前每次遇到吃饭时筷子不慎跌落，祖母一定会说："筷落地，吃不急。"意思是菜肴丰富，于是跌掉筷子的尴尬与小小的麻烦就成了一种吉利的预兆。

我的大姑父祖上是前朝世家，他生前不嗜烟酒，吃饭极简，不久坐，一饭一汤足矣，大姑笑称他是"汤官菩萨"。

茄子又叫"落苏"，在苏州、上海、嘉兴、杭州一带的口语里常见，"二月二，瓜菜落苏全落地"。李时珍说因为茄子的味道像酪酥，宋代陆游说钱王有子跛足，"茄子"听着像"瘸子"，为了忌讳改叫"落苏"。或许茄子像流苏之类的穗状饰物也是一条原因。落苏亦被隐喻为科举考试落第。南宋时湖州人谈谊去杭州赶考，梦见有人送茄子给他，后来果然落第了。故士子游西湖都不会去三贤堂，因为三贤堂里供奉着白乐天、苏东坡、林和靖，三人名字隐含着"落苏林"的读音（"乐"与"落"音似）。

形容说话干脆叫"钢刀斩萝卜"。烧菜太咸叫"拨翻盐钵头"。做事浑水摸鱼反能成功叫"浑汤摸螺蛳"。遇到事情无法脱身或是甩不掉人叫"湿手搭面粉"。调侃男女恋爱得腻歪有一句"鲞鱼（想我）炖螺蛳"。说某人多嘴问个不停叫"打破砂锅问到底，砂锅啦阿婆哪哈西（死）"。说迁怒，且有欺善怕恶之意，叫"冬瓜咬不着来咬蒲子"。

喻指发生不可能的事叫"盐钵头里出虫"，相当于北方人说"太阳打西边出来"。表达礼轻情意重的，说"一颗枣子一颗心"。"空麻袋背米"则是空手套白狼。南方人小而精的特点也与吃相关，空间上总说"螺蛳壳里做道场"，做事细巧叫"豆芽菜里嵌肉"。

吃还隐喻着许多社会法则与处世的手段。一个新来的人活该要吃点亏叫"新开豆腐店"，不知以前新开张的豆腐店是不是要让人白吃几天豆腐？某个单位进了新人总是可以先狠狠用一用，也是这个意思，但新人很快变老人，那就懂得"老吃老做"，甚至变成"老油条"油盐不进，更有甚者修炼成"老甲鱼""老蟹"，擅于长期趴着不动。

领导用人须恩威并施，那叫"一只巴掌一颗枣"。"多吃开水营养好，少说闲话威信高"是让人多点城府，提高威严。打着甲的名义，却是乙在大捞好处叫"阿大出个名，阿二吃煞宁（人）"。

化腐朽为神奇，变不可能为可能，叫"硬泥地里掘黄鳝"。老作家陆明不会讲普通话，一口的方言。他与我谈文学，说写作分硬写与软写，汪曾祺是典型的软写，所写的人与事总要经过见过，有些原型，有些感情，他自己当然也是这一路。佩服的是那些能大量虚构的作家，那是硬功夫，是"硬泥地里掘黄鳝"。

食谚中蕴藏智慧，祖母以前最常说的两句，一是"吃得邋遢，做得菩萨"，这并非只为食品卫生安全开脱，往宽一些想是告诫我们吃不要太过讲究，吃同人生，要多包容。

另一句不消解读就很明白，"少吃多滋味，多吃坏肚皮"，吴语的"味"字音同"米"，押韵。小快朵颐，就是取这个意思。

今朝夜里小落胃

少吃多滋味，多吃坏肚皮

后　记

　　记得我五六岁时跟外婆出去逛街，突然提问："什么是死？"一般的大人面对无知小儿类似的提问都会喝止或搪塞。我外婆却很有教育精神，她回答，死就是什么也没有了。我不理解，"什么也没有了"过于抽象，既不恐惧也无悲哀。于是外婆又说，死就是想见的人再也看不见了，想跟他说话，也说不上了。我开始有了一点感觉。她又补充道，死就是世界上一切好东西都与你无关了。但在当时（即便是如今）世上一切好东西与我的关系也极为有限。最后，外婆想了想说，死就是所有好吃的东西，再也吃不到了。

　　哦呦！我立即感受到了死的威力。

　　2019年夏天，《嘉兴日报》副刊的编辑朋友说常在朋友圈里看我在各地吃喝，嘱我写成小品文，遂商量开个专栏，我先想了个题目叫"边走边尝"，后来决定用"小快朵颐"。

　　一旦动笔，吃起来反而有了心理负担，碰到一样饮食，吃喝之前就不由自主地掂量起来，写还是不写？怎么写？或者先拍个照？等真的写起来又有难处，是写饮食，还是写美食？写饮食随笔，就要谈饮食文化，来龙去脉的吊书袋子，理性多过感性，免不了学究气。写美食笔记，下笔须装出闲情惬意、滋味深长，或是遗老遗少无可救药的享乐主义表情。袁枚装，蔡澜其实也装，不过他们装得够高级。

邯郸学步，不但不会写，连吃都不会了。所以我决定大致给自己定个调子，所录饮食必须是打动过我的美味，或边走边尝，或记忆深处，或道听途说，或中西土洋，不以动植物分类及名物考据、节气时令养生、食单菜谱烹饪为目的，《随园食单》《饮膳正要》云云一概不引，或少谈。务要写短，每文在千字以内，最好是五百字上下，这样不会累。

在陆陆续续写《小快朵颐》的四年多里，其实要写大量严肃甚至枯燥的论文与长文。每周或半月写一篇、发表一篇带着温暖记忆的饮食小品文，对我简直是一种救赎。记得木心评价法国短篇小说作家都德："别的大师像大椅子，高背峨峨，扶手庄严，而都德是靠垫。"《小快朵颐》就是我研究与写作中的小靠垫。只可惜，文章往短里写是很见功力的，我水平不济，不免越写越长，又不免犯职业病，忍不住还是会吊几个书袋子。

饮食与减肥是我一生不变的志向，不要吃得太多，不要吃得太爽，文章与事功都一样，朵颐不求大快，但求小快。

在《嘉兴日报》副刊发表的两年中，主要是写以杭嘉湖为中心的江南饮食。后来到日本，写了一批全国各地以及海外的饮食，这个专栏就跟着我移到了日本的华文报纸《中文导报》上发表了。因此要感谢《嘉兴日报》的许金艳编辑与《中文导报》的杜海玲编辑，没有她们两位提供阵地，是不会有《小快朵颐》的。还要感谢上海的画家朋友王辉兄（笔名善见），他曾为其中数十篇文章配过精彩的图画。海派著名的饮食作家沈嘉禄先生（其实人家写的远不止饮食）为拙著题写书名，与有荣焉。

《小快朵颐》专栏刚开始发表几篇时就蒙浙江摄影出版社的编辑张磊兄青睐，第一个给我留言，将来结集成书由他操刀。我当时还没想过出书的事，如今结集自然要完成这个约定。

还要感谢杭州鉴赏家蔡乃武先生，《小快朵颐》专栏的文章他几乎每篇必读，并且不遗余力地给我严重过誉的夸赞，且常作金圣叹之评。正是许多师友、读者给的鼓励才有了一篇篇写下去的动力。

在吃喝的美味中最好的是人情味。关于吃，我最不能忘记的就是我那位爱吃的祖母了，是她以及亲人们给了我关于吃最初的认识、记忆以及"蛋白酶"，这本书其实是为了思念他们而写的。

我在《小快朵颐》中遍尝漂泊的滋味，也在味觉记忆中还乡。

2024年2月29日厦门大学海滨白城居

责任编辑：张　磊

装帧设计：张　磊

责任校对：王君美

责任印制：汪立峰

封面题签：沈嘉禄

插　画：王　辉

图书在版编目（CIP）数据

小快朵颐 / 潘城著. — 杭州 : 浙江摄影出版社，
2024.6
　ISBN 978-7-5514-4969-4

　Ⅰ．①小… Ⅱ．①潘… Ⅲ．①散文集－中国－当代
Ⅳ．①I267

　中国国家版本馆CIP数据核字(2024)第104721号

XIAOKUAI DUOYI

小快朵颐

潘　城　著

全国百佳图书出版单位

浙江摄影出版社出版发行

地址：杭州市环城北路177号

邮编：310005

网址：www.photo.zjcb.com

制版：杭州真凯文化艺术有限公司

印刷：杭州捷派印务有限公司

开本：889 mm × 1194 mm　1/32

印张：10

字数：188千

2024年6月第1版　2024年6月第1次印刷

ISBN 978-7-5514-4969-4

定价：69.00元

潘城，学者、作家，厦门大学中文系博士后，神奈川大学历史民俗资料学博士，中国国际茶文化研究会学术委员。著有《药局》（长篇小说）《茶席艺术》《隽永之美》《一千零一叶》《人间仙草》等。作品散见于《文史知识》《随笔》《香港文学》《延河》《文学报》《江南》等处。参与策划的纪录片《中国茶，东方神药》获美国电视艾美奖最佳纪录片奖。